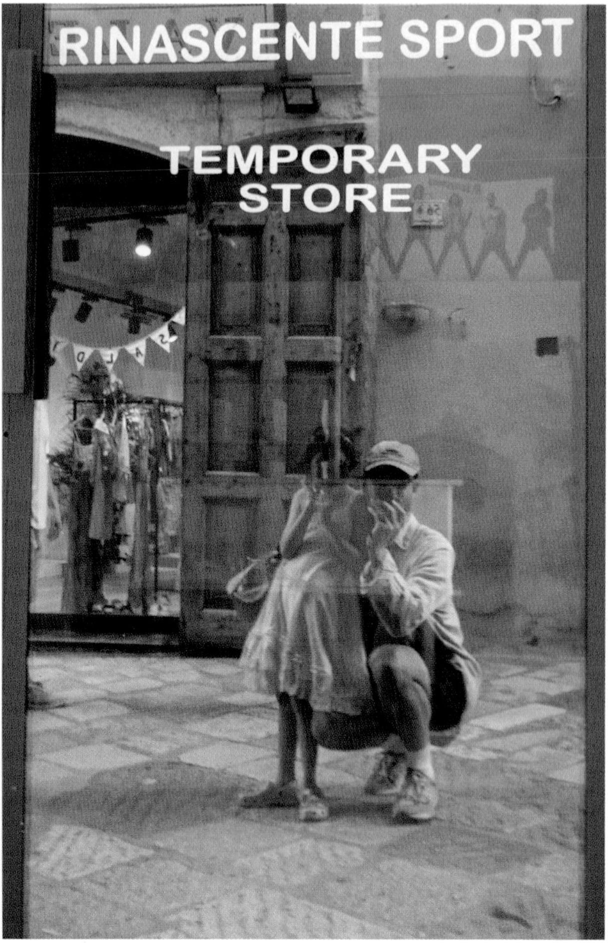
RINASCENTE SPORT
TEMPORARY
STORE

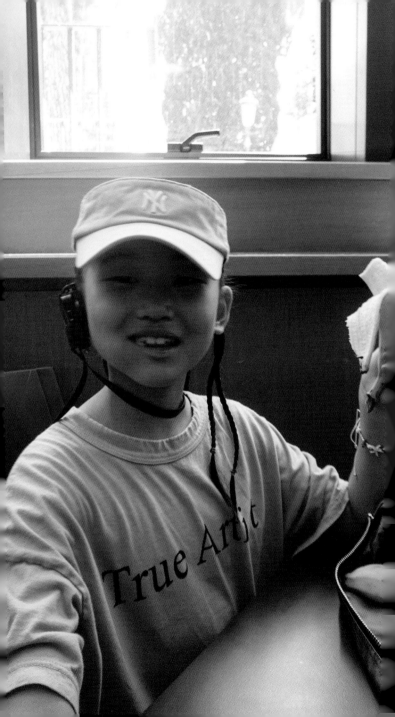

우리만의 사적인 아틀란티스

Puglia Roma, Italia

우리만의 사적인 아틀란티스

정승민 지음

시작하기에 앞서

직업인으로서 브랜딩과 디자인을 하다 보면 네이밍이 얼마나 중요한지를 자주 경험하게 된다. 이름은 단순히 어떤 것과 다른 것을 구별해 부르기 위해 필요하지만, 이름이 갖는 의미는 그 대상의 정체성과도 긴밀히 연결된다. 사람의 이름은 그 삶은 물론 나아가 영혼에까지 깊은 영향을 미친다고 믿는다.

그래서 부모들은 태어날 아이의 태명을 지을 때, 그 아이가 어떻게 자라나 어떠한 삶을 살아가길 바라는 마음을 담아 신중할 수밖에 없다. 2016년 늦봄, 아내의 배 속에 딸아이가 자리 잡은 것을 알게 되었다. 우리는 이 아이의 태명을 무엇으로 할지 머리를 맞대고 한참 동안 고민했다. 회사나 물건의 이름을 짓는 것도 몹시 까다로운 작업이지만, 생명이 있는 인간에게 이름을 붙이기란 여간 어려운 일이 아닐 수 없었다. 하물며 그 인간이 자식이라면 어깨는 더욱 무거워진다. 세상 모든 부모의 마음도 나와 다르지 않을 것이다.

우리 부부는 무엇보다 아이가 살아가는 동안, 사람 사이의 관계에서도 인생을 살아가면서도 세상에 꼭 필요한 존재인 '빛과 소금'이 되기를 바라는 마음이 컸다. 이런 바람을 듬뿍 담아 태명은 빛(Light)의 'LI'와 소금(Salt)의 'SA'를 더해 '리사(LISA)'로 지었다.

2017년 새해가 밝고 이튿날, 리사가 태어났다. 우리는 '리사'를 아이의 이름으로 결정하고 계속 부르기로 했다. 그녀가 앞으로도 지금처럼 건강하게 자라기를, 그리고 그 이름처럼 세상을 밝히고 없어서는 안 될 존재로 살아가기를 간절히 바란다. 이 책에 수없이 등장하는 이름 '리사'에는 이러한 뜻이 담겨 있다.

차례

우리는 어디로 가야 할까

리사가 맞이하는 일곱 번째 여름.

꽃들이 한바탕 지고 난 2023년 늦봄쯤이었나. 띠링. 리사가 다니는 유치원 애플리케이션에 알람이 울렸다. '하계 방학'이라는 제목의 안내문에는 일주일간의 날짜가 적혀 있었다. 아이를 가진 부모라면 이 소식이 반갑기도 하지만 한편으로는 걱정이 되기도 할 것이다. 나 역시 마찬가지. '무엇을 하며 이 시간을 보내지?' 하는 생각이 가장 먼저 떠올랐으니까. 이왕이면 의미 있는 시간을 보내고 싶었다.

여느 유치원이나 비슷하겠지만 아이들의 방학은 대

부분 극성수기에 시작된다. 7월 마지막 주 또는 8월 첫째 주. 비교적 동시에 이루어지는 방학이다 보니 일찍 계획하지 않으면 제약이 많아지기 마련이다. 작년의 경험으로 미루어보면, 나도 아내도 바쁜 일상을 정신없이 보내다 방학이 코앞에 가까워져서야 방학 동안할 일을 급히 찾아보았고 그러다 보니 선택지는 자연스레 좁아질 수밖에 없었다. 물론 작년에도 훌륭한 여름방학을 보냈지만, 올해는 작년의 시간을 교훈 삼아좀 더 계획적으로 이 시간을 보내야겠다고 다짐했다.

밤이 되어 리사가 잠들고 난 뒤, 아내와 마주 앉았다.
"우리는 이 시간을 어떻게 사용해야 할까?"
"우리는 어디로 가야 할까?"
그러나 리사의 방학 기간에 마침 영화와 드라마 촬영이 진행될 것이라는 아내. 아쉽지만 이번 방학은 리사와 나, 둘이서 보내야 했다.
그렇다면 더욱 기억에 남을 만한 시간을 갖고 싶었다. 이 짧은 시간에 여러 가지 의미를 부여할 수 있겠지만, 무엇보다 아빠와 단둘이 떠나는 첫 여행이라는데 큰 의미를 두면 좋을 것 같았다. 하루 이틀 정도의 시간을 들여 국내의 다양한 여행지를 다녀보긴 했지만 둘만의 해외여행은 처음이다. 어떤 일에서든 처음이 참 중요하지 않던가. 함께하는 첫 여행이 즐거워야 그 다음이 있기 마련이다. 우리가 함께할 수 있는 즐거움이 무엇일지, 아빠로서 딸에게 어떤 세상을 보여주면 좋을지 치열하게 고민하기 시작했다.

여러 장소가 후보에 올랐다. 최근 들어 업무차 자주 방문했던 샌프란시스코는 어떨까? 주변에서 다들 그렇게 좋다고 입을 모아 추천하는 발리는? 가까운 일본의 오키나와 바닷가 마을이라면? 선택지는 다양했다. 모든 장소가 저마다의 매력이 있지만 딱 한 곳으로 결정하기에는 뭔가 끌림이 부족했다.

그렇게 고민만 하며 시간을 보내던 어느 날, 무언가에 이끌리듯 영화 〈리플리〉에서 본 몇몇 장면이 머릿속에 선명하게 떠올랐다. 이탈리아의 풍경을 담은 장면이었다. 그것도 남부 이탈리아. 기억 속의 남부 이탈리아에는 아주 인상적인 멋진 풍경들이 정말 많았다. 푸른 바다 너머로 보이는 작은 도시, 햇볕을 머금은 언덕 위 아담한 집들, 페인트가 벗겨진 낡은 건물 외관에서 드러나는 자연스러운 분위기, 편안하고 가벼운 듯하지만 멋스러운 옷차림을 한 사람들, 좁은 골목에 자리 잡은 식당과 카페…. 영화 〈리플리〉를 통해서 기억

하는 장면은 이런 것들이었는데, 어느 하나 조화롭지
않은 것이 없었다.

이곳이다. 리사와 함께 여행할 곳은. 더불어 내 마음
속의 이탈리아는 언제나 여름이 아니었던가. 곰곰이
생각해봐도 이탈리아의 겨울 풍경을 그려본 적이 없
다. 시시각각 달라지는 뜨거운 햇빛과 그 색을 빈틈없
이 담아내는 도시. 내가 알고 있는 이탈리아는 이런 여
름의 장면으로 가득했다. 넉넉한 리넨 셔츠의 단추를
두어 개쯤 풀어헤치고 제법 손때가 묻은 파나마모자
를 머리 위에 얹고서 강렬한 태양 속으로 걸어 들어가
는 모습. 시원한 바다와 이 멋진 풍경을 배경으로 세상
에서 가장 맛있는 식재료로 만든 음식을 즐기는 모습.
게다가 사람들의 섬세한 매너와 다정함은 늘 아름다운
여름의 이탈리아를 잊을 수 없게 만들었다. 그것도 이
탈리아의 큰 도시가 아닌, 바닷가에 위치한 작은 도시
여야 했다.

이렇게 무엇에 이끌려가듯, 생각에 생각이 꼬리를
물고 마치 퍼즐 조각이 맞춰지듯, 리사와의 여름방학
을 채워줄 모습들이 하나씩 그려지기 시작했다. 해변
가까이 있는 어느 숙소에 머무르면서 언제든 바다에

뛰어들 복장을 하고 동네를 산책할 리사와 나의 모습을. 동네 사람들이 모여 있는 카페에 자연스레 스며든 모습을. 어느 식당에서 이름 모를 메뉴를 주문하고 설레하는 모습을.

마음은 이미 결정을 내렸지만 사실 나는 남부 이탈리아에 가본 적이 없다. 대학 시절 무작정 떠난 배낭여행에서 로마와 베네치아를 여행한 적은 있지만, 남부 이탈리아를 여행할 기회는 좀처럼 생기지 않았다. 그래서일까. 한 번도 경험해보지 못한 곳으로 간다는 것에 더 끌렸고, 마음속에 설렘이 가득 차오르기 시작했다. 게다가 유럽에 살고 있는 친구들이 하나같이 입을 모아 말했다.

"남부 이탈리아에서는 절인 올리브 하나만 먹어도 너무 행복해."

도대체 어떤 맛일까. 내가 아는 올리브라고는 피자 위에 올라간 검은색 올리브, 가끔 와인을 마실 때 곁들이는 올리브 절임이 전부인데….

남부 이탈리아로 가야겠다고 마음을 먹으니 세상의 모든 기운이 그쪽으로 연결되는 듯했다. 우연이라고 하기에는 신기할 정도로 나의 마음이 이곳으로 이끌려 가고 있었다. 알고리즘도 이런 내 마음을 알았는지, 소셜미디어에서 내 시선을 사로잡는 여행지는 모두 남부 이탈리아의 작은 도시들이었다. 심지어 티브이만 틀면 여행지를 소개하는 프로그램에서 남부 이탈리아의 구석구석을 보여주었다. 그야말로 온 우주가 나를 남부 이탈리아로 부르고 있었다.

나는 잠정적으로 이탈리아를 우리의 여행 목적지로 결정했고, 이제 남은 것은 리사에게 동의를 구하는 일이었다. 만약 직설적으로 질문을 한다면 순수한 아이들에게서는 어떤 대답이 나올지 알 수 없다. 한 번에 아이의 동의를 얻는 데 실패해버리면 간혹 두 번 다시 기회가 없는 상황이 펼쳐지기도 한다. 예를 들어 우리가 갈 수 있는 식당이 한식당밖에 없는 상황에서 "리사는 무엇을 먹고 싶어?"라고 물어본다면 어떤 답이 돌아올지 모른다. 우동과 돈가스가 될 수도 있고, 피자나 파스타, 햄버거, 자장면이 될 수도 있다. 이렇게 질문을 바꿔본다면 다를 것이다. "무엇을 먹고 싶어?"가 아닌, "지난번에 먹었던 불고기 기억나? 정말 맛있게 먹었잖아. 우리 오늘 또 그거 먹을까?"로 질문한다면, 나의 경험상 90퍼센트 이상은 내가 기대한 긍정적인 대답이 돌아온다.

그렇기 때문에 첫 대화가 굉장히 중요하다. 일종의 '대화의 기술'이라고 표현하는 것이 좋겠다. 이렇듯 아이들에게 동의를 구하기 위한 가장 좋은 방법은, 내가 원하는 답을 얻을 수 있도록 잘 빌드업하는 것이다.

잠정적으로 결정한 우리의(아니 나의) 목적지에 가기 위해서, 그리고 리사에게 동의를 얻기 위해서, 전략적으로 신중히 접근할 수밖에 없었다. 리사를 설득하기 위해 내가 제시할 수 있는 것은 무엇이 있을지 나열해보니 총 세 장의 카드가 있었다.

첫 번째 카드는 아름다운 풍경이었다. 푸른 바다 위로 보이는 다채로운 색을 띤 도시, 바위 사이에 숨어 있는 비경을 가진 해변, 좁고 오래된 골목 사이사이에 놓인 아기자기한 화분들, 그리고 풍경에 자연스레 스며들어 있는 사람들. 명작이라 불리는 여러 영화에도 등장했고, 텔레비전 채널을 돌리다 보면 심심찮게 볼 수 있는 남부 이탈리아의 풍경이었다. 내가 아름답다고 느끼는 이것들이 리사의 마음을 움직이게 할지는 미지수였지만, 나에게는 가장 큰 설득 포인트로 보였다.

두 번째 카드는 물놀이였다. 물놀이를 마다할 아이가 있을까. 물론 무서워하거나 그렇게 즐겁지 않은 아이도 있겠지만, 리사는 걷지도 못하는 돌 이전부터 물이라면 어디든 좋아했다. 세 살쯤 수영장에 갔을 때는 겁도 없이 계속 성큼성큼 걸어가다가 본인 키보다 훨씬 깊은 곳까지 들어가버려 숨을 쉬지 못하고 허우적거린 적도 있었다. 물에 빠진 아이를 급히 건져 올리고 나는 놀란 마음을 쓸어내렸지만 리사는 그 후로도 물을 무서워하지 않았다. 게다가 일 년 전 여름방학 때 괌에서 처음으로 스노클링을 경험하면서 바닷속 수많은 물고기를 보기도 했고, 소라와 조개껍데기를 주우며 바다 수영에 재미를 흠뻑 느꼈다. 지금도 그때의 사진과 영상을 들여다보며 그곳에 다시 가고 싶다고 종종 이야기할 정도니까. 아름다운 바다 사진을 보여주면 어쩌면 바로 고개를 연신 끄덕일지도 모른다.

마지막 카드는 이탈리아의 음식이었다. 이탈리아를 대표하는 음식인 피자와 파스타를 거부할 어린이는 많지 않을 것이다. 리사도 그들 중 하나. 대부분의 음식을 가리지 않고 잘 먹지만 피자와 파스타를 유독 굉장히 좋아한다. 특히 꿀에 찍어 먹는 고르곤졸라 피자, 담백한 맛을 느낄 수 있는 마르게리타 피자, 주말에 아내가 종종 해주는 토마토 스파게티는 리사의 소울푸드다. 피자와 파스타라면 하루에 다섯 끼도 먹을 수 있을 것이다. 더군다나 세상에서 가장 훌륭한 식재료가 풍부하게 나온다는 남부 이탈리아 아닌가. 그 식재료로 요리한 음식들을 본고장에서 맛볼 수 있다면….

그날 저녁, 이 세 가지 카드를 품에 꼬옥 안고 비장한 마음으로 리사에게 다가가 펼쳐보기로 마음먹었다.

"리사는 방학 때 뭐 하고 싶어?"
"괌 가고 싶어."

내 실수였다. 무엇을 하고 싶으냐고 물어봤는데, 어디를 가고 싶은지 대답했다. 전혀 예상치 못한 전개였다. 어떻게든 이 상황을 수습해야 했다. 일단 대화를 더 이어나가지 않고 며칠을 그대로 흘려보냈다. 그 대답의 기억이 희미해질 때까지….

사흘 혹은 나흘이 지났을 즈음, 거실에서 과일을 먹고 있는 리사에게 이번엔 어디에 가고 싶은지를 묻는 질문 대신 자연스레 첫 번째 카드를 꺼내보기로 했다. 컴퓨터를 켜고 아름다운 남부 이탈리아 해변이 담긴 사진을 여러 장 보여주었다. "우와!" 사진 하나를 열자

마자 리사는 환호성을 지르며 이미 이탈리아로 날아간 듯했다. 리사의 눈망울은 모니터 속의 바닷가 마을로 흠뻑 빠져들어 있었다. 하늘만큼 푸른 바다와 그 위에 옹기종기 모여 있는 마을들. 역시 아름다운 풍경은 사람들의 마음을 끌어당기는 힘이 있나 보다. 리사를 옆에 앉혀놓고 남부 이탈리아 마을 사진을 좀 더 찾아보았고 우리는 그 풍경에 이미 푹 매료되었다.

내친김에 두 번째, 세 번째 카드도 바로 꺼냈다. 굳히기 작전에 들어간 것이다. 물놀이, 그리고 파스타와 피자까지. 리사는 다행히 이 모든 것에 굉장히 만족했다. 만만치 않을 거라 예상했던 리사의 동의를, 생각보다 쉽게 구했다.

이제 남부 이탈리아 지역 중에서 구체적인 도시를 정하고 예약하는 일이 남았다. 비행기, 숙소, 렌터카, 각종 액티비티 등 혼자 여행하는 것보다 꼼꼼하게 신경 써야 했다. 아직 한 달하고 보름 정도의 여유 기간이 있었지만 성수기인 만큼 모든 예약이 수월하지는 않았다. 회사에서 퇴근하고 돌아와 리사를 재우고 난 뒤, 나는 밤마다 여행을 위한 계획과 예약에 매달려 살았다.

리사와의 여행을 계획하는 나의 모습을 본 아내는 내심 걱정하는 눈치였다. '그 먼 곳에서 둘이 잘 해낼 수 있을까?' 위험한 곳에 가는 것은 아닌지, 길을 잃어버리지는 않을지, 어린이가 안전하게 지낼 수 있는 곳인지… 나를 물가에 내놓은 아이 대하듯 영 불안해하며 내심 미덥지 않아 하는 것 같았다. 하지만 나는 제법 자신이 있었고 마음속에 걱정보다는 설렘으로 가득 차 있었다.

이탈리아행 비행기는 예약했지만, 구체적으로 어느 도시로 갈지는 아직 정하지 않았다. 아말피 코스트를 따라 있는 작은 도시들을 여행하는 것으로 대략적인 계획을 세우고, 조금 더 구체적으로 알아보기 위해 유럽에 사는 친구들에게 의견을 물었다. 그중 프랑스 파리에 살고 있는 친구 혜선의 대답이 나를 사정없이 흔들었다.

"이탈리아의 여름은 언제나 옳습니다. 풀리아 추천해요."

풀리아Puglia. 생소한 이름이었다. 당장 인터넷 포털을 열어 검색창에 '풀리아'를 쳤다. 이미지 검색 결과를 클릭하자 비현실적인 천상의 이미지들이 화면을 가득 채웠다. 몇 장 보지 않고도 알 수 있었다. 그래, 바로 이곳이야.

리사의 일곱 번째 여름을 보낼 목적지는 그렇게 '풀리아'로 정해졌다. 밤마다 구글 지도를 열어서 스트리트뷰로 해변의 도로들을 여기저기 클릭해보았다. 보이는 모든 곳에 에메랄드빛 푸른 바다가 있었다. 엄청난 비경을 자랑하는 해변이라기보다는 누군가의 아지트로 보이는 비밀스럽고 작은 해변들이었다. 이렇게 스트리트뷰를 따라 계속해서 내려오다 보니, 어느덧 부츠 모양으로 생긴 이탈리아 지도 끝까지 다다르게 되었다. 가고 싶은 곳에 별표를 찍다 보니 어느새 빽빽하게 채워진 지도. 한동안 틈만 나면 이 지역의 사진들을 찾아보는 재미에 푹 빠져 지냈다.

며칠 동안 지도를 탐색했으니 이제는 정보를 수집해야 했다. 수많은 블로그의 게시물을 찾고, 다녀온 사람들의 여행기도 읽어보았다. 그중 리사와 비슷한 연령의 아이를 둔 어느 부모의 블로그를 우연히 보게 되었다. 여러 도시에 대해서 비교적 상세하게, 그리고 어린아이를 둔 부모의 관점에서 적어나간 글들이 하나하나 공감되었다. 이 블로그를 통해서 풀리아 지방에 위치한 몇 개의 도시로 목적지를 더욱 좁힐 수 있었다.

2~3주간의 정보 수집과 취합을 통해서 우리는 최종 목적지를 풀리아의 작은 도시로 결정했다. 그곳의 이름은 모노폴리Monopoli였다. 아드리아해와 접해 있는 모노폴리는 고대 역사와 중세 유적을 그대로 보존하고 있는 곳으로, 작지만 아름다운 해변 도시의 모습을 두루 갖추고 있었다. 로마나 피렌체, 밀라노만큼 유명하지는 않지만 오히려 그런 유명 관광지가 아니라는 점이 내 마음을 더욱 이끌었다. 항구도시인 이곳에는 해안가마다 가득한 어선들로 활기가 넘쳤고, 특히 갓 잡은 해산물로 훌륭한 음식을 만들어내는 레스토랑이 골목마다 즐비했다.

모노폴리를 중심으로 짧게는 십 분, 길게는 한 시간 정도 차를 타고 이동하면 찾아갈 수 있는 색다른 도시들도 많았다. 절벽 사이로 너무나 아름다운 해변이 보이는 폴리냐노 아 마레Polignano a Mare를 비롯해, 이 지역에서만 볼 수 있는 전통 양식의 건축물이 있는 알베로벨로Alberobello, 협곡 지역에 굴을 파고들어가 마을을 형성한 마테라Matera 등, 언제든 다양한 주변 지역으로 쉽게 이동할 수 있었다.

그리고 무엇보다 이곳은 안전하다고 알려진 곳이다. 남부 이탈리아의 몇몇 도시들은 열악한 치안 때문에 여행객이 늘 조심해야 하는 것으로 악명이 높은 데 반해, 이곳은 어린아이를 동반한 가족들이 여행하기에도 매우 적합한 곳이었다. 아무리 탐험하는 것을 좋아하고 오지를 다녀본 경험이 많은 나지만 리사와 함께하는 여행에서 가장 중요한 것은 안전이다.

목적지를 정했으니, 우리가 이곳에서 무엇을 할지 정해야 했다. 여행에서만큼은 전혀 계획적이지 않은 내가 이렇게 초 단위로 계획을 세우게 될 줄은 미처 몰랐다. 하지만 리사와 함께하는 여행인 만큼 최대한 치밀하게 준비하고 싶었다. 혹시라도 모를 변수의 변수까지 대비해야 했다. 우리가 갈 만한 해변들을 나열하고, 레스토랑과 카페들을 정리하고, 할 수 있는 액티비티를 정해서 여행 일정표에 꼼꼼하게 채워넣었다.

자, 이제 떠나는 일만 남았다. 2016년 리사를 가졌을 때, 그리고 2017년 1월 2일 리사를 처음 품에 안았을 때, 그리고 지금까지도 계속 스스로에게 묻는 질문. '우리 아이는 어떤 사람으로 자라길 바라는가?' 이 물음에 우리 부부는 언제나 '사랑이 많고, 도전하는 아이'라고 대답해왔다. 매일매일 눈부시게 성장하는 리사에게, 눈에 보이는 모든 것을 사랑하고 무엇보다 도전하는 여행이 되기를 바라며 길을 나섰다. 우리의 여름을 뜨겁게 기대하며.

올림픽대로 위의 택시 기사님

짧지 않은 시간 동안 알고 지낸 택시 기사님이 있다. 해외 출장이 잦은 내가 공항에 갈 때마다 함께하는 기사님인데, 특별한 이유가 있다기보다는 억지스러운 대화를 굳이 하지 않고 편안한 마음으로 공항을 오갈 수 있어서 항상 이용하고 있다. 택시 안은 늘 고요하다. 목적지가 어디인지, 비행 일정은 어떻게 되는지 정도의 이야기만 해보았을까.

오늘도 여느 때와 같이 여행 가방을 트렁크에 싣고 택시 뒷좌석에 앉았다. 평소와 한 가지 다른 점은 리사가 옆에 앉아 있다는 것. 룸미러를 통해서 뒤를 힐끗

쳐다보는 기사님의 시선이 느껴졌다. 무언가 말을 꺼내고 싶어 하는 눈치였다. 인천공항으로 출발한 택시는 이내 올림픽대로에 진입했고, 저마다 일터로 향하는 차들과 함께 천천히 무리 지어 달리고 있었다. 앞으로 나아가는 자동차의 백색소음 외에 특별한 소리가 들리지 않는 고요한 택시 안에서 운전 중인 기사님이 먼저 입을 열었다.

"따님이세요?"

"네."

"참 새로운 모습이네요."

"네? 어떤 점이요?"

"십 년 넘게 공항 전문 택시 기사로 일했는데, 모녀가 여행가는 모습, 모자가 여행가는 모습은 심심찮게 보았어도 부녀가 여행하는 모습은 오늘 처음 봤네요."

"아, 그런가요?"

우리의 대화는 그것이 끝이었다. 택시 안은 다시 고요하다. 공항으로 향하는 이 시간, 기사님과의 짧은 대화가 머릿속에서 계속 맴돌았다. 아빠와 딸이 여행한다는 것은 어떤 것일까? 얼마나 특별한 일인 걸까?

생각해보면 나는 여행을 좋아하고 즐겨하며 제법 잘하는(?) 편이라고 자신 있게 말할 수 있다. 지금보다 어렸을 때는 누군가와 함께하는 여행도, 때로는 혼자 하는 여행도, 그저 일상을 살아가는 것처럼 자연스럽게 즐겼다. 이십대 초반에는 코코아 파우더 같은 사막의 모래가 좋아서 다니던 대학을 무작정 휴학하고 무일푼으로 오스트레일리아의 한가운데에 있는 앨리스 스프링스Alice Springs에 가서 살기도 했다.

오스트레일리아에서 레드 센터Red Center라 불리는 이 광활한 지역에서 나는 독특하면서도 도전적인 삶을 살았다. 그곳에 있던 관광호텔에서 주방 보조로 일하며 지냈는데, 자전거를 타고 사막을 가로질러 출퇴근했고 오직 깨끗한 자연 하나만 수개월간 보면서 살았다. 붉은 바위 위에 올라서면 온 동네가 다 내려다보였고, 매일 밤하늘을 가득 채운 별들과 선명한 은하수를 볼 수 있었다. 그곳에서 보던 경이로운 밤하늘의 경관을 다른 도시에서는 절대 경험할 수 없었는데, 그것이 내가 앨리스 스프링스에 제법 오랜 기간 머무를 수밖에 없었던 한 가지 이유였다.

그렇게 사막에서 낭만을 즐기며 살아가다가 음주 운전을 하던 오토바이에 치여 사경을 헤매며 병상에 누워 있던 때도 있었다. 꽤 긴 시간이 지난 후에야 간신히 일어날 수 있었고 겨우 목발을 짚으며 걸었다. 그날의 흉터가 아직도 등에 남아 있으니, 자칫 목숨을 잃을 수도 있었던 제법 큰 사고였음이 틀림없다. 그런데 몸이 거의 회복되었을 때쯤 가장 먼저 한 일은, 다시 뉴질랜드행 비행기 티켓을 사는 것이었다.

특별한 목적 없이 도착한 뉴질랜드 공항에서 이번엔 캠퍼밴을 빌렸고, 내비게이션은 물론이고 스마트폰도 없던 시절이라 뉴질랜드 전역이 표시된 종이 지도 한 장에 의지한 채 뉴질랜드 구석구석을 여행했다. 차를 타고 가다가 산이 보이면 무작정 하이킹하고, 바다가 나타나면 차를 세우고 한참 동안 멍하니 바다를 바라보았다. 마트에서 식재료를 사다가 캠퍼밴에서 요리를 해 먹기도 했다. 자주 길을 잃었고, 아이러니하게도 길을 잃을 때마다 기대하지 못한 훌륭한 장면을 마주할 수 있었다. 그러다 보니 길을 잃는 것은 두려운 일이 아닌 여행이 선물하는 재미있는 요소가 되었다. 그렇게 한 달여간 길을 잃어버리듯 여행하며 정처 없는 삶을 살았다.

그 이후에도 계속해서 이런 방식의 여행이 끌려서였을까. 2008년 여름에는 배낭 하나를 메고 두 달 동안 유럽을 돌아다니며 여행하기도 했다. 탐험에 목말라 있던 이십대 중반, 다양한 문화와 환경을 경험하는 것을 최고의 가치로 여겼다. 절대 가볍지 않은 내 몸만한 배낭을 메고 발길 닿는 대로 걸었다. 새로운 장소에서 새로운 것들을 마주하고, 새로운 사람들을 만나고 헤어지며, 낯선 일상으로 하루하루를 보냈다. 이 시간을 통해 다양한 인종과 언어를 경험했고, 음식, 예술, 역사, 문화 등을 체험할 수 있었다. 역마살이 끼었다고 해야 하나, 돌이켜보면 그땐 늘 분주하게 이리저리 여행하며 이십대의 많은 시간을 보냈다.

매 순간 마주하는 불확실성과 함께 도전이 동반되는 것이 여행의 가장 큰 매력이라고 생각했고, 미리 계획된 안정적인 일정이 아닌 예상치 못한 변화와 발견에서 즐거움을 찾았다. 우연히 발생하는 일들에 대한 적응도 제법 능숙하게 잘 해냈다. 이런 여행의 경험 덕분에 변수와 문제를 마주했을 때 해결하는 능력은 어떤 사람들보다도 뛰어나다고 자부할 수 있다.

하지만 그 모든 것은 혼자만의 여행일 때 해당할 뿐, 딸과 함께하는 여행이라면 이야기가 달라진다. 딸과 함께 여행하는 것은 어떤 느낌일까? 아니, 어떤 여행

이어야 할까? 이 질문에 대해서 적지 않은 생각을 해보았다. 여행이란 떠돌아다니는 방랑과는 다르게 목적성과 방향성이 있기 마련이다. 이번 여행을 통해서 나는 무엇을 경험하고 싶고, 삶의 어떤 변화를 맞이하고 싶은 걸까? 과연 나는 리사에게 무엇을 보여주고 싶고, 어떤 것에 대해 이야기하고 싶은 걸까?

먼저, 우리에게 주어진 지금 이 시간을 정말 소중하게 여기고 밀도 있게 사용해야 한다는 것. 돌이켜 생각해보니 가족의 시간은 정말 빠르다. 특히나 리사의 성장 시간은 나의 시간보다 훨씬 빨리 흘러가는 느낌이랄까…. 리사의 시간은 계절의 흐름처럼 조용하게 빨라서, 문득 뒤돌아보면 벌써 아주 멀리 지나와 있다. 반면 나의 시간의 흐름은 눈에 잘 보이지 않는다. 늘어나는 주름과 점점 떨어지는 체력으로 조금씩 체감하고 있지만 아직까지 드라마틱한 변화는 없다.

하지만 리사의 시간은 너무 빠르다. 1~2주 정도 출장을 다녀오면 몰라보게 성장해 있다. 딱 맞았던 잠옷이 어느덧 작아져 있고, 조그마했던 치아는 어느덧 쑥 자랐다가 흔들려서 빠지기도 했으며 심지어 다시 자라났다. 함께 타는 자전거도 안장을 위로 올려주기 일쑤다.

여기에 신체의 성장만 있나. 대화를 할 때 부쩍 새로운 단어를 사용하고, 어떤 상황에 대해 생각지 못한 분석을 하기도 하며, 스스로 친구를 사귀고, 혼자 할 수 있는 일도 이제 제법 많다.

칠 년 전, 밤을 지새우며 초조하게 기다리다 아기 울음소리에 놀라 수술실로 달려들어가 탯줄을 자르던 때가 아직 선명한데, 어느덧 리사는 올해 초등학생이 되었다. 지나올 때는 몰랐지만 지금에 와서 생각해보니 모든 시간은 순간이었고, 그 순간은 아주 짧은 장면으로 남았다. 이런 장면들이 모여서 내가 기억하는 리사의 삶을 만들어내고 있겠지. 이 순간을, 이 장면 하나하나를 정말 밀도 있고 소중하게 사용해야 하는 이유가 여기에 있다.

리사가 여섯 살이 된 어느 가을날, 두발자전거에 도전하며 몇 차례 넘어지면서도 계속 다시 일어나던 그때. 뒤에서 잡고 있던 나의 손을 떠나 안정적으로 두발자전거를 타고 앞으로 나아가는 그 모습을 보니, 리사가 마치 부모라는 항구를 떠나는 배처럼 보여 코끝이 찡했다. 하나의 큰 도전을 해내서 뿌듯한 마음도 있었지만, 나를 의지하고 있던 내 딸이 더 이상 나의 도움 없이 페달을 굴려 앞으로 나아갈 수 있다는 것에 울컥

했던 것 같다.

앞으로도 리사는 더욱 성장할 것이고, 엄마와 아빠가 전부이던 리사의 세상에 친구, 취미, 학업, 직업, 그리고 먼 훗날에는 리사의 가족으로 채워질 것이다. 우리에게 주어진 이 시간은 유한하고, 결코 그리 길지 않다. 이 시간을 정말 소중하게, 밀도 있게, 그리고 최선을 다해서 쓰고 싶다. 아빠와 딸의 관계를 넘어서 정말 끈끈한 너와 내가 되고 싶다. 즐거움을 같이 나누고, 힘들 때 서로 도와주며 의지할 수 있는, 그런 인간으로서의 관계 말이다.

또 하나는, 계절의 아름다움을 느끼고 계절을 담아내는 그릇인 자연을 즐기며 함께 어울려 살아가는 것. 리사가 태어난 2017년, 매일 저녁 뉴스에서는 미세먼지 농도가 높고 황사가 심하다는 소식이 들려왔다. 집마다 공기청정기를 들여놓는 것이 당연시되었고, 많은 곳에서 미세먼지 저감조치를 시행했다. 건강을 염려하는 부모의 마음 때문이었을까. 자연스레 아이들은 밖에서 뛰어놀기보다 실내 활동을 하는 시간이 많아졌고 또 익숙해졌다. 언제부터인가 공원과 놀이터보다는 키즈카페와 대형 쇼핑몰이 여러모로 편해진 세상이 되었다.

이 시기가 조금 지나고 나니 코로나 바이러스가 찾아왔다. 사람들과 마주하고 편하게 소통할 수 없을 뿐만 아니라 사람들이 많은 곳에 가기조차 어려워졌다. 매일 마스크를 착용해야 했고, 거의 모든 시간을 집에서 보내야 했다. 친구와 이웃은 더불어 살아가는 대상이 아닌 잠재적인 보균자로 인식되었고, 마스크 덕분에 서로의 다양한 표정을 볼 길이 없었다.

자연에서 친구들과 함께 뛰어놀아야 하는 시기인데, 어쩌다 보니 자연은커녕 집 앞 놀이터와도 멀어졌다. 차츰 사람들과도 소원해졌다. 이 또한 세상의 변화에 따라 자연스러운 현상이라면 받아들일 수 있겠지만, 그러고 싶지는 않았다. 계속해서 자연의 아름다움을 보여주고 싶었고, 그 안에서 다른 사람들과 함께하는 즐거운 시간으로 채우고 싶었다.

계절이 바뀌면 풍경도 달라진다. 아주 가깝게는 계절마다 다르게 피는 꽃들에서, 시시각각 다른 모습을 보여주는 가로수들에서, 아름다움을 발견할 수 있다. 조금만 더 섬세하게 본다면 가로수 이파리 하나에서도 많은 변화를 찾을 수 있다. 봄에 새로 나온 잎들은 대개 투명할 정도로 쨍한 연둣빛을 띠고, 햇빛을 머금으면 마치 형광색처럼 빛난다. 그러다 가을이 깊어지면

질수록 나뭇잎의 색상도 자연스레 깊고 짙어진다.

이런 총천연색 아름다움을 리사와 함께 충분히 느끼고 싶고, 그 안에서 즐겁게 살아가고 싶다. 겨우내 앙상했던 나뭇가지에서 꽃과 잎이 피어오르는 봄의 아름다움을 알고, 파란 하늘과 짙은 녹색 나무, 매미 소리로 채워진 여름의 더위는 극복해야 하는 것이 아닌, 즐겨야 하는 축제 같은 것으로 받아들이면 좋겠다. 이때는 가벼운 옷차림으로 활동하기 좋고, 또 언제든 물에 뛰어들 수도 있어. 또 나뭇잎이 붉은색, 노란색으로 옷을 갈아입고 산과 들이 다채로운 색으로 물드는 가을이 있다면, 겨울에 내린 눈은 한순간에 우리를 낯선 장소로 데려다주듯 근사한 장면을 선사한다는 것을 알았으면 좋겠다. 그리고 눈 위에서 할 수 있는 재미난 놀이들은 또 얼마나 많은지도.

이렇게나 아름다운 자연을 탐험하고 즐기며 도전하는 것은 정말 멋진 일이다. 핸드폰을 쥐고 있기보다는 자연에서 찾은 보물들로 두 손이 채워지기를, 온몸으로 경험하고 오감으로 자연을 느끼며 성장하면 좋겠다.

마지막으로 리사에게 전하고 싶은 메시지는, 우리 주변에 존재하는 다양한 아름다움을 섬세하게 경험하고 느껴보고 그것에 대해 자주 질문하라는 것. 디자이너로서 나는 시각적인 것에 굉장히 민감하고, 시각적으로 아름다운 것을 보는 것이 삶의 큰 기쁨이다. 이십대와 삼십대 초반에는 이런 것에 큰 행복을 느끼며 살아왔다. 사소한 일상 속에서 시각적 아름다움을 찾으려 노력했는데, 이를테면 매일 사용하는 제품에서, 우리가 살아가는 공간에서, 곁에 있는 사람들에게서 아름다움을 찾는 것이다.

아무래도 대개는 시각적인 것에 한정되어 있었지만, 시간이 조금 더 축적되고 사십대에 가까워짐에 따라 아름다움을 보고 느끼는 감각이 좀 더 확장되었다. 시각에만 한정하지 않고 다양한 감각들을 통해서 느끼기 시작하면서 나의 내면은 더욱 깊어졌다. 보는 것에서 더 나아가, 듣는 소리, 맡는 향, 닿는 촉감, 입으로 느끼는 맛까지…. 때로는 이러한 감각에 시간의 무게가 더해져 더욱 풍성하게 즐길 수 있게 된 듯하다. 이런 관점으로 세상을 바라보면 우리가 익숙하게 보던 것들이 새로워지기도 하고, 새로운 것에서 다양한 디자인 요소를 찾아내기도 한다.

비교적 최근 들어 나는 '직업인으로서 나의 일을 지속할 수 있으려면 어떻게 해야 할까?'라는 고민을 하기 시작했다. 세상은 내가 느끼는 것보다 훨씬 빠른 속도로 변해가고 있다. 더불어 세상을 구성하고 있는 직업도 빠르게 변하고 있는데, 새로운 직업이 생기기도 하고 없어지기도 한다. 나의 직업은 계속될까? 언제까지? 그렇다면 나는 무엇을 해야 할까?

그에 대한 대답은 '질문'이었다. 끊임없이 스스로 질문하고 그 해답을 찾기 위해 노력해야만 한다. 질문하고 대답하는 과정에서 예상치 못한 비즈니스가 탄생하기도 하고 새로운 삶의 방향성을 찾아내기도 한다. 평생을 바쳐 답을 찾고 싶은 질문을 스스로에게 던져보는 것이다. 리사에게 물려줄 재산은 많지 않더라도, 본인의 감정을 섬세하게 느끼는 감각과 끊임없이 질문하는 삶의 방식만큼은 꼭 물려주고 싶다.

이번 여행을 통해서 이 세 가지를 리사와 나눌 것이다. 구체적이지는 않더라도 작은 씨앗을 리사에게 심어주고 싶다. 미래에 이 씨앗이 어떤 잎을 틔울지는 리사가 선택할 수 있도록.

아주 예전에 그런 말을 들은 적이 있다. 너무 어릴 때 하는 여행은 어차피 기억 못하니까 갈 이유가 없다고. 하지만 나는 조금 다른 생각이다. 아주 작은 경험이라 할지라도 그것이 모이면 매 순간이 우리의 삶에서 큰 영향을 미친다. 하물며 스펀지처럼 모든 것을 잘 흡수하는 나이인 리사는 어떠할까. 이렇게 차곡차곡 쌓은 경험은 나와 리사와의 관계를 돈독하게 다져줄 뿐만 아니라 리사의 삶에서 아주 의미 있는 시간이 될 것이다. 그리고 이것은 나비효과가 되어 훗날 큰 에너지와 자산이 되어주겠지.

우리를 태운 택시가 올림픽대로를 지나 서서히 인천공항에 가까워지고 있다. 우리의 여행은 이제, 시작되었다.

일곱 시간 삼십 분, 520킬로미터

인천공항에서 열세 시간 남짓을 날아 늦은 오후쯤 로마 다빈치 공항에 도착했다. 비행기에서 내리자마자 훅 끼쳐오는 뜨거운 열기는 우리가 새로운 장소에 와 있다는 것을 몸소 느끼게 했다. 출발하기 전 뉴스에서는 이탈리아의 이상고온 현상에 대한 소식을 전해주었는데, 지금 우리가 그 현장에 온 것이다. 이렇게 더울 수가. 공항에 에어컨이 없다니? 숨이 턱 막히는 후텁지근한 공기가 순식간에 전신을 감쌌고, 조금만 움직여도 땀이 주르륵 흘렀다. 적응해야 했다. 우리는 이 더위를 즐기기 위해 열세 시간을 날아왔다.

입국심사대 앞에 섰다. 어떤 이유에서인지 모르겠지만 예전 수많은 출장길의 입국심사에서 적지 않은 이슈가 있었던 만큼, 리사와 함께하는 이번 여행은 부디 출발이 괜찮기를 바랐다. 리사의 손을 잡고 긴장되는 마음으로 맞이한 입국심사는 그 어떤 질문도 없이 환영 인사를 건네고 끝이 났다. 이것이 이날 우리에게 주어진 유일한 행운이었음을 이때는 알지 못했다.

우리는 여행 가방을 찾아 크고 작은 통로들을 지나 활기찬 에너지와 뜨거운 공기로 가득 찬 대합실로 나왔다. 설렌 표정의 여행자들, 지친 표정으로 쉬고 있는 사람들, 다양한 표정과 언어가 공존하는 곳이었다. 더위에 지친 우리를 위해 일단 먼저 물을 한 병 사고 수많은 사람들 사이를 빠져나와 예약해둔 렌터카를 찾으러 갔다.

십여 분간 걸어서 도착한 그곳에는 우리가 기대한 아담하고 귀여운 경차가 있었다. 게다가 수동 조작이라니, 낭만적이기까지. 이곳 도시들의 작은 골목길을 여유롭게 헤집고 다니며, 따뜻하고 섬세한 건축물과 하나가 되기에 적합한 자동차였다. 이 작은 자동차는 이탈리아 여행을 떠나기 전부터 그려온 로망 같은 것이었다. 이동성을 고려해 단출하게 준비해온 단 하나의 여행 가방을 자동차 트렁크에 싣고 우리의 목적지를 향해 시동을 걸었다.

내비게이션에 목적지를 입력해보니 예상 소요 시간은 다섯 시간 정도. 시계는 오후 6시를 가리키고 있었고 별문제가 없다면 자정 전에는 숙소에 도착할 수 있을 것이다. 미로 같은 공항을 빠져나온 우리는 시원하게 고속도로를 달릴 수 있을 거란 기대와는 다르게 퇴근길 정체에 갇히고 말았다. 우려하던 상황이 발생했다. 낭만이라고 생각했던 기어 변속이 가다 서다를 반복하니, 출발한 지 삼십 분 만에 피로감을 안겨주었다. 피곤했지만 내색하면 안 되었다. 아직 앞으로 가야 할 길이 멀다. 나의 컨디션보다 중요한 것이 리사를 챙기는 일이었다.

행여나 리사가 여행의 시작부터 지치지 않을까 걱정되어 계속해서 즐거운 대화를 시도했다. 우리를 기다리고 있을 숙소는 어떤 모습일지, 도착해서 가장 먼저 무엇을 할지, 앞으로 열흘간 어떤 맛있는 음식을 먹을지, 어떤 옷을 입고 동네를 돌아다닐지, 즐거운 대화를 나누며 리사의 관심을 끌었다. 한 시간쯤 지났을까. 저 멀리 지평선과 점점 가까워지는 태양 빛이 뒷좌석까지 깊숙이 들어왔다. 진한 주황색의 아름다운 빛이었다. 차 안 구석구석이 붉게 물들었고, 눈앞에 보이는 모든 장면이 따뜻해 보였다. 리사도 연신 감탄을 내뱉었다. 아름다운 장면을 감상하다 보니 어느덧 정체 구간은 지났지만, 내비게이션에 표시된 도착 예정 시간은 야속하게도 정체 구간에 갇혀 있던 만큼 뒤로 밀려 있었다.

조금 더 달리다 보니 로마 방향과 나폴리 방향으로 나뉘는 갈림길이 나타났다. 나는 로마가 아닌 남쪽의 나폴리로 향했다. 그렇다고 우리의 목적지가 나폴리는 아니다. 나폴리를 지나 풀리아 지역의 모노폴리라는 곳이 우리의 목적지다. 로마 공항으로부터는 520킬로미터, 자동차를 타고 꼬박 다섯 시간을 달려야 도착하는 곳이었다. 기차를 타고 갈 수도, 혹은 국내선 비행기로 환승해서 이동할 수도 있었지만, 이 모든 교통수단이 여의치 않았던 데다 나는 운전하며 눈에 보이는 장면들을 기억하는 여행을 좋아하기에 기꺼이 렌터카를 선택했다.

리사는 어느 순간 편안하게 자세를 잡고 잠들어 있었다. 길게 늘어진 주황빛 햇살이 리사의 얼굴에 걸쳐

살랑거렸다. 그 모습을 곁눈으로 한 번씩 바라보며 운전을 즐기다 보니 도로에는 이윽고 어둠이 내려앉았다.

초행길이었지만 쭉 뻗은 고속도로를 달리는 것은 어렵지 않았다. 지역 라디오 방송을 틀어놓고 목적지를 향해 순조롭게 가고 있었다. 두세 시간쯤 달려왔을까. 전체 경로의 5분의 2 정도 되는 지점에 다다르자 갑자기 고속도로가 다시 막히기 시작했다. 경찰관이 말하길 곧 공사가 시작될 예정이니 돌아가라는 것이었다. 경찰관이 지시하는 곳으로 빠져나가 내비게이션에 새로운 경로가 나타나길 기다렸다. 내비게이션이 알려주는 경로를 따라 꼬불꼬불한 길을 거쳐 겨우 큰 도로로 진입하게 되었다. 그런데 아무리 봐도 익숙한 길에 익숙한 경찰관이 있는 게 아닌가. 빠져나간 곳으로 다시 돌아온 것이었다. 여기서부터 시작이었다. 우리의 고난이….

내비게이션이 공사 중인 도로 사정을 알 리 만무했다. 경찰관이 다시 안내해주는 작은 동네로 접어들었고, 지나가는 동네 주민들을 만날 때마다 우리의 목적지로 가는 경로를 물었다. 말이 통하지 않더라도 목적지를 적어 보여주면 손가락으로 방향을 가리키며 소통할 수 있었다. 그러나 그도 쉽지 않았던 것이 물어보는 사람마다 이야기하는 길이 달랐다. 그렇게 우리는 계속해서 꼬불꼬불 산길을 달리고 있었다. 가로등 하나 없는 산길 끝에서 막다른 골목을 만나기도 했고, 내비게이션은 자꾸만 다시 공사하는 길을 알려주었다. 그야말로 사면초가였다.

그렇게 두 시간 정도를 헤맸을까. 출발할 때 밤 11시였던 도착 예정 시간은, 어느덧 오전 1시 30분이 되어 있었다. 우여곡절 끝에 다시 정상 도로로 들어서자 긴장이 풀리며 급격하게 피곤해지기 시작했다.

밤 10시가 조금 넘은 시간. 열세 시간의 비행에서 내리자마자 교통체증 가득한 도로를 거쳐 가로등 하나 없는 적막한 시골길을 달리고 있자니 감당할 수 없는 졸음이 밀려왔다. 졸린 눈을 부릅뜨며 창문을 내려 환기를 시켜보기도 하고, 노래를 불러보기도 했으나, 그 어떤 것으로도 소용이 없었다.

반쯤 눈이 감긴 상태로 어둠이 가득 내려앉은 캄캄한 도로를 삼십 분쯤 더 달렸다. 저 멀리 불이 켜진 1층짜리 건물이 보였고 그 앞에 차들과 사람들이 있었다. 직감적으로 알 수 있었다. 그곳은 휴게소였다. 그야말로 영화에 나올 법한 모습을 한 휴게소가 극적으로 눈앞에 나타난 것이다.

휴게소 앞 나란히 주차된 차들 틈에 나도 차를 대고 출발 이후 내내 잠들어 있던 리사를 깨워 건물 안으로 들어갔다. 층고가 높고 아주 넓은 공간에는 과자와 몇 가지 생필품이 띄엄띄엄 자리하고 있었고, 한쪽에는 백발노인이 책상에 앉아 복권을 판매하고 있었다. 굉장히 생경한 풍경이었다. 다른 쪽 벽면에는 아주 큰 커피 바가 있었는데, 다행히 늦은 시간까지 운영하고 있었다. 바 앞에는 아마도 늦은 시간에 근무하는 것으로 보이는 경찰관 두 명이 에스프레소를 마시고 있었다. 나는 고민할 것도 없이 에스프레소 도피오를 주문했다. 진한 커피가 식도를 따라 흘러들어와 졸음을 깨웠다.

조금은 맑아진 정신으로 다시 운전을 시작했다. 아직 우리가 가야 할 거리는 250킬로미터 정도 남아 있었다. 휴게소를 떠나 삼십 분 정도 달리니 또다시 졸음이 몰려왔다. 서울의 시간으로는 새벽 5시 정도 되었으니, 졸음을 참는 것이 여간 힘든 게 아니었다. 에너지 드링크와 과자를 먹으며 이를 악물고 버텨보았다. 고속도로와 작은 동네들을 오가며, 이 와중에 또 작은 동네는 왜 그렇게 아름다운지…. 차를 세워 여유롭게 둘러보지 못하는 것이 아쉬웠지만 리사를 생각하면 한 시라도 빨리 도착해야 했다.

이제 정말 더 이상 갈 수 없겠다는 생각이 들 때쯤, 드디어 바리Bari라는 도시 경계 표지판이 눈앞에 나타 났다. 새벽 1시가 훌쩍 지난 시각. 시간이 제법 늦어져 숙소 걱정을 하지 않을 수 없었다. 혹시라도 우리가 너 무 늦게 도착해 주인과 연락이 닿지 않는다면 그것도 난감한 일이었으니 말이다. 차를 잠깐 세우고 전화를 걸었다. 다행히도 그는 늦게까지 기다릴 수 있으니 걱 정하지 말고 안전하게 도착하라고 했다. 우리가 지금 바리를 지나고 있다면 앞으로 십오 분 뒤면 도착할 것 이라는 말도 덧붙였다. 긴장한 상태로 장시간 운전하 느라 한껏 굳어 있던 어깨 근육들이 집주인의 친절한 응대에 눈 녹듯 이완되었다.

그의 말대로 우리는 십오 분 뒤에 숙소에 도착할 수 있었다. 정말이지 눈물겹게 힘든 여정이었다. 핸드폰 에 표시된 시간을 보니 오전 1시 30분. 로마 공항을 떠 난 지 일곱 시간 삼십 분 만이며, 한국에서 집을 떠난 지 스물일곱 시간 만이었다. 심지어 피곤한 상태로 잠 을 자야 시차 적응이 쉬울 것이라는 나의 잘못된 판단으로 비행기에서 충분히 쉬지도 않았는데. 드디어 문을 열고 숙소로 입장. 들어가는 발걸음마저 감격스러웠다. 포근한 침대와 따뜻한 샤워가 이토록 간절했던 적이 또 있을까.

다행히 숙소는 비교적 최근에 지어진 깨끗한 집이었다. 숙소 주인은 이용 방법을 간단하게 전달하고 키를 건네며 집을 떠났다. 몸은 녹초가 되었지만, 우리가 계획한 이곳에 안전하게 도착했다는 기쁨이 컸다. 짐을 푼 다음, 긴장과 피로를 녹여버리겠다는 생각으로 뜨거운 물로 샤워부터 하기로 했다. 리사가 먼저, 그리고 내가 그다음. 그제야 혼미했던 정신이 돌아왔다.

너무 늦은 시간이라 고요하기만 한 이 동네에 대해서는 여전히 물음표였다. 창밖으로 보이는 것이라고는 띄엄띄엄 켜진 가로등 불빛 아래 주차된 차들뿐. 리사와 나는 집 밖의 풍경이 너무나도 궁금했지만, 내일 아침 우리의 눈앞에 환상적으로 펼쳐질 모노폴리를 기대하며 잠을 청했다.

에스프레소와 흰 우유

다음 날 아침, 피곤했지만 시차 덕분인지 이른 시간에 눈을 떴다. 동이 트기도 전이었는데, 다시 잠을 청해보려고 했으나 잠이 올 리가 없었다. 자정이 넘은 늦은 시간에 피곤한 몸을 이끌고 도착했다곤 하지만 우리가 기대하던 바다를 바로 앞에 두고 다시 잠을 잘 수는 없었다. 평소보다 서너 시간을 짧게 잔 리사도 이미 일어나서 혼자 옷을 입고 있었다. 우리는 가벼운 복장을 하고 동네를 탐험해보기로 했다.

아침 6시가 조금 넘은 시간, 숙소 문을 열고 길을 나섰다. 붉은 햇빛이 건너편 벽에서 바닥으로 점점 내려

오며 일출과 함께 뜨거운 공기로 마을을 채워가고 있었다. 이른 아침임에도 골목골목에서 동네 주민들을 심심찮게 마주칠 수 있었다. 그들은 한둘씩 접이식 의자와 파라솔을 들고 우리와 같은 방향으로 향하고 있었다. 그들을 따라가면 분명 좋은 해변이 나올 것 같았다. 동네를 구경하며 걷다 보니 마침내 우리가 기대했던 그 해변이 눈앞에 펼쳐졌다. 짙은 모래 빛깔과 오래된 도시의 모습을 그대로 품은 바다. 그 앞으로는 알록달록한 파라솔과 의자들이 놓여 있고 사람들은 더위를 피할 요량으로 이른 아침부터 바다로 들어가고 있었다.

하지만 우리는 동네 산책을 생각하고 편한 옷차림으로 나왔기에, 코발트빛 바다를 지나쳐 작은 건물들이 모여 있는 낡은 도시 안쪽으로 향했다. 지중해의 강한 햇빛이 오래된 건물들 사이로 들어와 작은 골목골목을 비추었다. 굽이굽이 끝없이 연결된 작은 골목에는 아침을 맞이한 이곳 사람들이 저마다의 방식으로 하루를 시작하고 있었다. 2층에서 빨래를 널고 있는 여성, 얇은 나뭇가지로 만든 빗자루로 집 앞을 비질하는 할아버지, 페인트가 벗겨진 나무 의자에 앉아 커피를 마시는 중년의 남성.

이 장면을 바라보는 순간, 문득 내가 이곳에서 해야 하는 첫 번째 일이 머릿속을 스치고 지나갔다. 이곳은 이탈리아가 아니던가. 많은 사람이 커피에 대한 자부심으로 똘똘 뭉친 곳이다. 그렇다. 커피 생각이 너무 간절했다.

지금은 커피가 없으면 생활이 어려울 만큼 커피를 좋아하고 많이 마시지만, 이십대 초중반까지만 해도 커피와 별로 친하지 않았다. 굳이 돈을 들여가며 쓴맛이 나는 이 음료를 왜 마시는지 도무지 이해할 수 없었다. 친구들과 카페를 갈 때면 나는 커피가 아닌 다른 음료를 마시거나 아주 연한 아메리카노에 시럽을 잔뜩 넣어서 먹었다.

평생 쓴 커피는 마실 일이 없을 것만 같던 내 삶에, 이탈리아는 나에게 첫 에스프레소를 경험하게 해준 곳이다. 이탈리아를 배낭여행 하던 이십대 시절, 로마와 베네치아에서 2주 정도 머물렀던 적이 있다. 이른 아침 거리를 걷다 커피와 빵 냄새를 맡게 되었는데, 조금 과장을 보태서 표현하자면 그것은 '세상에서 가장 맛있는 냄새'였다. 그리고 웬걸, 가벼운 나의 주머니 사정에도 괜찮은 가격이었다. 그 당시 단돈 2유로면 이

두 가지를 모두 먹을 수 있었지만 당연(?)하게도 첫 경험은 쓰디쓴 기억으로만 남아 있다. 먹어본 적은 없지만 조선시대 사약이 이런 맛일까. 도대체 이걸 왜 마시는지, 어떻게 마시는 건지 알지 못한 채 그 작디작은 잔에 담긴 에스프레소조차 남기고 빵만 우적우적 씹어 먹었다. 싼 맛에 주문하긴 했지만, 그렇다 해도 이건 정말… 입맛에 맞지 않았다.

예상을 빗나간 것은 그다음 날 아침이었다. 이상하게도 그 조합이 생각나는 것이다. 다시 카페로 간 나는, 손에 쥔 작은 에스프레소 잔 안에 오묘한 세계가 담겨 있다는 느낌마저 받았다. 커피의 쓴맛을 음미하며 아주 얇은 레이어로 겹겹이 쌓인 황금색 크루아상을 함께 먹었다. 도대체 이해할 수 없는 강력한 씁쓰름한 맛이 첫인상이었는데, 어느 순간 에스프레소의 농밀한 향기에 매료되어버렸다. 크림처럼 부드러운 크레마가 윗입술을 덮을 때의 느낌도 좋았고, 진한 한 잔을 마시고 나면 하루의 에너지를 다 얻은 것 같은 기분도 좋았다. 게다가 고소한 밀가루와 기름진 버터 향을 더 잘 느낄 수 있도록 도와주는 것만 같았다. 나에게 이탈리아는 그렇게 강력하고 매력적인 에스프레소로 기억되는 곳이었다.

돌이켜보면 여기에서 출발했다. 현재 내가 운영하고 있는 카페 티알브이알Cafe TRVR에서 커피와 페이스트리류에 집중하고 있는 것은. 이탈리아에서 받은 느낌을 온전히 전하고자 메뉴는 단출하지만 진한 에스프레소는 꼭 포함시켰고, 유럽에서 공수한 크루아상을 함께 판매하고 있다. 리사는 아빠의 카페에서 먹는 크루아상과 팽오쇼콜라를 가장 좋아한다. 리사는 팽오쇼콜라를 초코빵이라고도 부르는데, 흰 우유와 함께 먹는 초코빵은 리사가 가장 좋아하는 간식 조합이다.

리사와 나는 정말 아름다운 이탈리아 바다를 눈앞에 두고 있었지만 카페에서 풍겨 나오는 커피와 크루아상의 냄새를 그냥 지나칠 수는 없었다. 바로 어제, 공항에서 이곳까지 오면서 지금까지 제대로 된 끼니를 챙기지 못했다. 마치 2008년 로마에서 홀린 듯 들어간 카페처럼 나의 발길을 이끌었다.

바다에서 물놀이할 생각에 잔뜩 신나 있는 리사에게, 카페에서 아침을 먹자고 꾀었다. 나에게 커피가 있다면 리사에게는 우유가 있다. 리사는 특히 흰 우유를 좋아한다. 내가 초등학생이던 시절엔 대부분의 아이들이 흰 우유를 싫어해서 다른 친구들에게 대신 마셔달라고 부탁하곤 했는데. 생각해보면 나도 썩 좋아하지는 않았다. 하지만 리사는 이상하리만큼 흰 우유를 좋아한다. 어떤 날에는 하루에 1리터짜리 팩 우유를 혼자서 다 마시기도 하니 말이다. 시중에 나와 있는 다양한 음료들을 제치고, 리사에게는 딸기 우유도 초코 우유도 바나나 우유도 아닌, 단연 흰 우유가 일등이다.

우리는 바다가 잘 보이는 카페에 자리를 잡고 앉았다. 황금빛 윤슬이 반짝였다. 리사가 야외 테이블에서 기다리는 동안 나는 안으로 들어가 에스프레소와 흰 우유 한 잔, 크루아상과 팽오쇼콜라를 주문했다. 그제야 고개를 돌려 다른 테이블들을 보니 지역 주민으로 보이는 분들이 나와 서로 안부를 묻는 듯했다. 그러다 옆에 앉은 할아버지가 우리에게도 자연스레 인사를 하며 말을 건넸다. 이 멋지고 자연스러운 분위기 속에 섞이는 것만으로도 기분 좋은 아침의 시작이었다.

이윽고 주문한 음료와 빵이 나오자 우리는 드디어 아침식사를 시작할 수 있었다. 테이블에 에스프레소와 우유, 그리고 빵들이 놓였다. 테이블 위에 올려진 구성을 보니 유럽에 온 것이 선명하게 느껴졌다. 테이블에 미리 준비된 다양한 종류의 슈거 스틱 중 황색 설탕을

뜯어 에스프레소 잔에 털어넣은 다음 티스푼으로 휘휘 돌리고, 설탕이 잘 녹은 것을 확인하면 먼저 스푼에 묻은 커피를 쭉 빨아 먹는다. 티스푼은 다시 잔 받침에 내려두고, 손가락이 들어가지 않는 손잡이를 가볍게 잡고 잔을 들어 입으로 가져간다. 유럽 사람들이 커피를 마시기 전에 하는 일률적인 세리머니 같은 것인가. 나도 언제부턴가 늘 이런 의식을 치르고 에스프레소를 마셨다.

같은 시간, 두 손으로 들어 올린 리사의 컵에는 아침 햇살이 비쳐 우유가 금빛으로 찰랑찰랑 물들어 있었다. 우유를 한 모금 마신 리사는 흰 수염을 달고 환하게 웃었다.

갓 구운 크루아상을 한 손에 들고 베어 무는데, 리사가 말한다.

"아빠, 나도 커피 마셔봐도 돼?"

나도 어렸을 때 이런 질문을 한 적이 있었다. 그때 돌아온 대답은 한결같았다. "어린이는 커피 마시면 안 돼. 커피 마시면 머리 나빠져." 어린 마음에 머리가 나빠진다는데 정작 본인들은 왜 마시고 있는지 궁금했다. 나는 리사에게 그런 대답을 하고 싶지는 않았다. 에스프레소 잔 받침에 올려두었던 티스푼에 커피를 살짝 담아 "먹어봐." 하며 건네주었다. 예상했지만 잔뜩 일그러지는 표정에서 대답을 듣지 않아도 리사가 생각하는 커피 맛을 알 수 있었다.

"커피는 쓰고 맛없는데 왜 마셔?"

"아빠도 처음 마실 때는 써서 좋아하지 않았는데, 자꾸 마시다 보니까 이 안에서도 좋은 맛이 있더라. 그리고 사람마다 좋아하는 게 달라. 아빠는 흰 우유를 별로 좋아하지 않는데, 리사는 지금 흰 우유를 제일 좋아하잖아."

"어릴 때도 안 좋아했어?"

"응, 즐겨 마시지는 않았던 것 같아."

지금 이 테이블 위에 올려진 것들 중에서 내가 생각하는 주인공은 아주 작은 잔에 담긴 진한 에스프레소 한 잔이겠지만, 리사에게는 투명한 유리컵에 나온 흰 우유 한 잔일 것이다. 같은 테이블을 두고 마주 앉아 있지만 우리의 동상이몽이랄까….

"나는 언제부터 커피 마실 수 있어?"

"언제든 마셔도 되는데, 마시는 게 좋을 때 마시면 돼. 정해진 나이는 없어."

"아빠는 언제부터 마셨어?"

"십 년 전에 커피 회사랑 일하면서부터 커피를 더 좋아하고 더 자주 마시게 됐지."

"그게 몇 살 때야?"

"서른 살."

"그러면 나도 그때 커피 마실래. 그때 되면 아빠가 아빠 카페에서 커피 만들어줘."

문득 테이블 위에 놓인 에스프레소와 흰 우유가 괜찮은 친구처럼 보였다. 담겨 있는 잔의 모양도 너무 다르고, 색도, 향도, 온도도 다르지만, 같은 점이 하나도 없다는 것이 더욱 매력적이었다. 그러고 보니 공통점 하나 없이 달라도 너무 다른 이 두 가지를 한데 섞으면 카페라테라는 훌륭한 음료가 되기도 하네? 갑자기 나는 왜 이런 생각을 했을까. 리사와 나의 대화가 다른 듯 비슷한 느낌 때문이었을까….

옆 테이블에 앉아서 우리를 지켜보던 노인이 우리의 부녀 관계가 너무 좋아 보인다며 엄지를 치켜세웠다. 자신이 젊었을 때부터 이 카페가 있었는데, 그때도 혼자 아침이면 종종 왔고, 결혼하고 나서는 아내와 왔고, 그 이후에는 사랑하는 두 딸과 함께 와서 커피와 빵을 먹는 곳이라고 했다. 지금은 두 딸 모두 성장해 로마로 가 떨어져 살고 있다고. 나와 리사를 보니 오래전 자신과 딸의 모습이 생각나 애틋한 마음이 드는 모양이었다.

그의 눈에는 세월을 담담하게 지나 보낸 여정이 비쳐 보이는 듯했고, 얼굴의 주름에는 마치 책처럼 많은 이야기를 품고 있는 듯했다. 모노폴리에 처음 왔느냐는 그의 질문에 그렇다고 하니, 핸드폰을 열어 카페와 레스토랑, 모자 가게, 리사가 좋아할 만한 원피스 가게 등을 알려주었다. 나에게 딸과 함께 좋은 추억을 많이 만들라는 덕담과 함께, 마지막으로 이 카페는 아이스크림이 맛있으니 꼭 먹어보라는 말을 건네고는 자리를 떠났다.

그가 떠나고 난 뒤 리사와 나는 각자의 음료와 빵을 먹으며 조금 더 이야기를 나누고 일어났다. 가게를 나서며 아까 노인이 말했던 아이스크림도 하나씩 손에 들고서. 언젠가는 나도 그렇게 우리의 미래를 계획하기보다 과거의 추억을 떠올리며 시간을 보내는 날이

더 많아지겠지. 내딛는 발걸음마다 어쩐지 벌써 그립
다. 감상에 젖은 나와는 달리 바다에 들어가서 물놀이
할 생각에 마냥 즐거운 리사는, 녹아내리는 아이스크
림을 핥아 먹으며 내 손을 잡아끌었다.

첫 바다 수영, 첫 오레키에테, 그리고 첫 올리브

카페에서 가볍게 아침을 먹은 우리는 숙소로 돌아가 그토록 기다리던 남부 이탈리아의 에메랄드빛 바다에 뛰어들 채비를 서둘렀다. 수영복, 고글, 스노클링 장비, 아쿠아 슈즈 등, 일 년 전 괌에 갔을 때 바다에서 사용했던 것들을 그대로 갖고 왔다. 몇 시간 잠을 자지 못한 우리지만 바다에 들어갈 생각에 기운이 넘쳤다. 오 분이 채 안 되는 거리였지만 엄청 덥고 강렬한 햇볕 때문에 보폭을 좁혀 걸음을 재촉했다.

아지트처럼 아늑하고 아담한 해변이 해안선을 따라 띄엄띄엄 있었는데, 그중 숙소와 가장 가까운 해변을 먼저 선택했다. 그 작은 해변의 이름은 칼라 코체^{Cala} Cozze. 크지 않은 갈색 절벽과 바위 사이에 자리 잡은 조그마한 바다는 눈부시게 청명했고, 작은 만^灣의 구조로 되어 있어 큰 파도 하나 없이 잔잔했다. 리사는 형광색 수영복과 구명조끼를 입고 스노클링 장비를 쓴 채 바다로 성큼성큼 들어갔다.

그토록 고대하던 우리의 첫 바다 수영이었다. 한껏 신이 난 리사는 고개를 숙인 채 바다 안을 들여다보며 이리저리 헤엄치고 있었고, 그사이 나는 자갈로 채워진 해변에 자리를 잡고 비치타월을 깔았다. 숙소에서 이곳으로 오는 길에 샀던 사과와 바나나, 몇 가지 스낵들, 그리고 생수를 비치타월 한쪽 구석에 올려두고 편하게 앉았다.

살랑살랑 기분 좋은 바람이 불어와 절벽에 걸어둔 리사의 셔츠를 하느작하느작 가볍게 흔들었다. 잔잔한 파도 소리와 함께 물속에서 뛰어노는 아이들의 목소리가 작은 해변을 가득 채우고 있었다.

리사가 물고기를 찾으며 즐거워하는 모습을 보면서 뜨겁게 내리쬐는 햇볕을 즐기고 있는데, 그 순간 문득 왠지 모를 어색함이 엄습했다. 오랜만에 느껴보는 여유가 익숙하지 않아서였을까. 갑자기 서울에서 한창 진행 중인 프로젝트도 생각나고, 확인해야 할 이메일이 가득 쌓여 있을 것 같은 불안한 기분도 들었다. 결국 핸드폰을 열어 한참 동안 이메일을 체크하고 답장하는 와중에, 바다에서 "아빠!!!"하고 부르는 리사의 목소리가 들렸다. 어서 들어오라는 손짓과 함께.

아드리아해의 청명한 바다를 앞에 두고 이메일 체크라니. 아무래도 이상한 행동이었다. 리사에게 손을 흔들어 화답하고, 가방에 핸드폰을 넣어두고 바다로 들어가려다 생각해보니 이곳은 이탈리아. 이탈리아에서는 항상 소지품을 조심해야 한다고들 하는데 그냥 두고 들어가려니 영 불안했다. 옆자리에 아이들과 함께 온 한 여성에게 잠시 소지품을 봐줄 수 있는지 부탁해보았지만 돌아온 대답은 예상을 완전히 빗나갔다.

"이 동네에서는 그런 걱정하지 않고 마음껏 바다를 즐겨도 돼요."

다른 누구보다 아이들의 엄마로 보이는 사람이 그런 이야기를 하니 안심이 되었다. 그분의 말을 믿고 가방에 소지품들을 넣어두고 바다로 입수했다.

태양은 우리 위로 내리쬐고 잔잔한 파도 소리가 귀에 부드럽게 담겼다. 높지 않은 파도가 철썩철썩 밀려올 때마다 몸을 내맡기고 바람이 부는 대로 이리저리 떠다녔다. 수면 아래로 물고기들이 서성이며 발을 간지럽혔다. 가끔 물고기를 따라 헤엄치기도 했다. 물 밖은 40도가 넘었지만 시원한 물속에 있는 우리에게는 이보다 더 좋을 수 없는 완벽한 날씨였다.

조금 더 깊이 들어가니 가까이 보이던 절벽들이 멀어지고 그 뒤로 작은 도시의 오래된 건물들이 보이기 시작했다. 시원한 에메랄드빛 바다 뒤로 펼쳐진 알록달록한 색감의 건물들이 만들어낸 조화는 아름답다못해 환상적이기까지 했다. 건물을 찬찬히 살펴보니 오랜 세월 풍화작용을 거쳐 깎여나간 곳, 움푹 팬 곳, 벗겨진 페인트 자국들이 눈에 들어왔다. 정돈되지 않은 느낌이 아니라, 시간이 만들어낸 아름다운 흔적 같았다. 건물 대부분이 이 지역에서 채굴한 돌을 이용해 지었다고 하니, 모든 풍경이 바다와 잘 어울리는 것은 어쩌면 당연한 일이었다.

이렇게 각각의 자연스러운 사연을 담은 건물들이 모여 작은 도시를 형성했고, 전체적으로 잘 어우러져 조화로운 풍경을 만들어냈다. 우리는 이 장면을 충분히 느끼기 위해, 그리고 이 장면 안에 자연스럽게 스며들기 위해, 여기까지 온 것이다.

햇빛이 반짝이는 바다에서 얼마나 헤엄쳤을까. 허기가 느껴져 시계를 보니 점심시간이 가까워져 있었다. 아침에 가벼운 빵과 음료만으로 배를 채웠으니 물놀이 후에 배고픔이 따르는 것은 인지상정. 점심을 먹으러 가자는 말에 리사는 내심 아쉬워했지만, '파스타'라는 말이 끝나기도 전에 얼굴에 함박웃음이 피어났다. 리사는 수영복 위에 가벼운 원피스 하나만 걸치고, 나는 반바지 같은 수영복 위에 반소매 셔츠만 걸치고, 상쾌한 바닷물의 흔적을 코끝에 매단 채 레스토랑으로 향했다. 비치타월 위에 그대로 놓여 있던 핸드폰을 들고서.

한국에서도 주말이면 리사와 나는 가벼운 복장을 하고 동네 수영장을 찾는다. 한두 시간 정도 신나게 수영하고 돌아오면 집에서 기다리고 있는 것은 아내표 파스타. 내가 어릴 적 수영하고 먹었던 컵라면과 핫도그의 조합처럼, 리사에게는 '선 수영, 후 파스타'가 일종의 공식 같은 것이었다. 게다가 여기는 남부 이탈리아가 아닌가. 햇빛 가득하고 깨끗한 공기, 비옥한 토지에서 자란 훌륭한 로컬 식재료로 만든 파스타를 먹을 생각에 벌써 입에 침이 고였다.

우리가 갈 곳은 오전에 산책하며 봐둔 파스타집. 오픈 주방에서 요리사가 분주하게 식재료를 준비하는 모습을 보고 반해버렸다. 바다에서 나오니 40도를 웃도는 날씨에 우리는 다시 땀을 흘렸고, 이곳에 올 때는 가깝다고 생각했던 거리가 걸어도 걸어도 멀게만 느껴졌다. 하지만 '시원한 공간에서 맛있는 파스타를 먹어야지.' 오로지 그 생각으로 힘을 내어 그곳으로 향했다.

그렇게 기다리던 남부 이탈리아에서의 첫 식사, 첫 파스타. 기쁜 마음으로 레스토랑 문을 열고 들어갔는데, 이럴 수가. 식당 안은 바깥보다 더 더웠다. 에어컨은 당연히 없었고 오전에 보았던 그 주방에서 뿜어져 나오는 열기가 엄청났다. 주방 요리사는 작은 선풍기 하나에만 의지한 채 모든 요리를 만들어내고 있었다. 시원한 공간을 기대했던 리사는 이렇게 더운 곳이 우리의 점심 장소라니, 풀이 죽어 보였다. 어쩔 수 없이 레스토랑 실내가 아닌, 가게 앞에 마련된 야외 좌석에 자리를 잡고 각자 메뉴를 골라보기로 했다.

준비된 테이블에 앉아 땀을 식히고 있으니, 식당의 주인장으로 보이는 나이 지긋한 노신사가 주문을 받으러 나왔다. 그는 이탈리아 말로 자연스럽게 인사를 건넨 후 이런저런 이야기를 했으나 도무지 알아들을 수 없었다. 분위기로 대충 추측해보면 더운 날씨에 관한 말인 듯했다. 온통 이탈리아어로만 적힌 메뉴판이었지만 대표적인 파스타 이름 몇 개는 알아볼 수 있었다. 리사는 여느 때와 같이 자기가 가장 좋아하는 볼로네제 파스타를 선택했고, 나는 노신사에게 이곳에서 먹을 수 있는 특별한 파스타로 추천해달라고 부탁했다. 그리고 시원한 물 한 병도 함께.

이윽고 우리가 주문한 시원한 물이 먼저 나왔다. 더위에 지친 우리는 식사가 나오기도 전에 물 한 병을 거의 비워버렸다. 조금 시간이 흘렀을까. 노신사가 커다란 트레이를 들고 다시 우리에게 왔고, 그 위에는 우리가 주문한 두 가지 파스타가 놓여 있었다. 붉은색의 토마토소스 파스타는 알겠는데, 녹색의 페스토 파스타는 감이 잡히지 않았다. 이제 맛있게 먹으면 되는데 리사의 표정이 좋지 않았다. 벌써 접시에 코를 파묻고 허겁지겁 먹고 있어야 할 리사는 어쩐 일인지 멀뚱히 접시만 바라보고 있었다.

평소에 먹던 파스타와 모양이 달랐던 것이다. 리사가 먹던 파스타는 보통 스파게티나 펜네, 푸실리같이 한국에서 종종 볼 수 있는 것들인데 접시에 담겨 나온 파스타는 둥글고 납작해서 면이라고 부르기는 애매한 모양이었다. 굳이 비유하자면 우리가 흔히 먹는 시리얼과 비슷한 생김새였다.

리사는 내심 스파게티 면을 기대했던 모양이었다. 좋아하는 파스타가 확실히 있고, 늘 먹던 그 음식이 나오길 바랐는데, 전혀 다른 모양의 파스타가 나왔으니…. 충분히 그 마음을 이해할 수 있었다. 하지만 배가 고픈데 인상을 찌푸린 채 바라만 보고 있을 수는 없는 노릇. 리사는 비장한 표정으로 길쭉한 포크를 들어 작은 파스타 하나를 콕 찍어 입에 넣었다. 잠시 후 리사의 얼굴에 만족의 미소가 번졌다. 그제야 우걱우걱 한 번에 여러 개를 입에 넣고 허겁지겁 파스타를 먹으며 말했다.

"이제까지 먹어본 파스타 중에 제일 맛있어!"

맛있게 먹는 리사의 표정 때문일까. 나도 그 맛이 궁금해져 한입 먹어보았다. 단단하면서도 쫄깃한 파스타의 탱글탱글한 식감이 입안에서 재미있는 맛을 선사했다. 향긋한 토마토소스는 상큼하면서 달콤해 어렵지 않은 맛이었다. 옛말에 아이 입에 음식 들어가는 것만 봐도 배가 부르다고 했던가. 리사가 잘 놀고, 잘 먹으니 일단 마음이 놓였고, 역시 이곳에 오기를 참 잘했다 싶었다. 그간 여행을 준비하면서 기대되는 한편으로 조금은 걱정되는 마음이 있었는데, 자잘한 걱정들이 싹 사라지는 순간이었다.

음식을 가져다준 노신사가 다시 우리 테이블로 와서 "Everything is good?" 하고 묻자, 리사는 수줍은 듯 "Yes!"라고 답했다. 그의 얼굴에도 화색이 돌았다. 그에게 리사가 먹고 있는 파스타 면의 종류가 무엇인지 물었더니 '오레키에테'라고 했다. '작은 귀'라는 뜻을 가진 이름이라는데, 풀리아 지역의 전통적인 파스타 종류인 것 같았다. 그리고 내 앞에 있는 정체불명의 녹색 파스타는 바질 페스토 소스로 만든 '제노베제'라고 설명해주었다.

테이블 위에서 또 하나 우리의 눈길을 끄는 것이 있었으니, 그것은 대추알만 한 브라운 올리브였다. 이곳을 추천했던 친구의 말이 다시 떠올랐다.

"남부 이탈리아에서는 올리브 하나만 먹어도 너무 행복해."

궁금한 마음에 하나를 깨물어보았다. 올리브의 진한 과즙이라고 해야 할까, 오렌지를 깨물었을 때 터지는 것처럼 입안 가득 올리브 향과 즙으로 채워졌다. 올리브에 이런 감칠맛이 있다는 것도 처음 알게 되었다. 내가 알던 통조림 올리브 절임과는 비교할 수 없는 맛이었다. 리사도 한입을 베어 물더니 곧바로 핸드폰을 꺼내 엄마에게 보낼 영상 편지를 찍기 시작했다.

"이건 남부 이탈리아에서 키운 올리브인데, 가운데는 뼈(씨)가 들어 있고 엄청 맛있어!"

우리는 행복한 마음으로 식사를 마치고 일어섰다. 이때부터였던 것 같다. 리사는 한층 더 이곳에 잘 어우러져갔다. 쭈뼛대던 아이가 새로운 것에 흥미를 보이고 적극적으로 이 작은 도시를 탐험하기 시작했다. 이골목 너머에는 또 어떤 골목이 나올지, 저기 저 사람들이 마시고 있는 음료는 어떤 맛일지, 저녁에는 어떤 식당에서 어떤 음식을 만날지 궁금해하며 많은 새로운 것들에 도전해보고 싶어 했다.

　여행의 즐거움을 만끽하는 순간이었다. 아직 낯설고 어색한 것투성이지만 새롭게 도전하고 경험하면 어느덧 내 것이 되어 즐기게 될 것이라는. 여행은 이래서 신비로운 매력이 있다. 우리가 원하던 것을 얻지 못했다 하더라도 예상하지 못한 새로움 속에서 얼마든지 즐거움과 행복을 찾아내고 그것을 온전히 내 안에 가득 채워버리는 매력 말이다.

자연스럽고 근사한 복장으로

나는 일상적인 삶 속에서 익숙한 장면도 낯설게 보는 것을 좋아하고, 낯선 장소에서 익숙한 듯 스며드는 것도 즐긴다. 아마도 직업의 특성이 반영된 나의 습관 같은 것일 수도 있다. 일상 안에서 새로움을 찾아내려 노력하고, 이렇게 발견한 새로움을 디자인이라는 언어를 통해 다시 일상에 고스란히 반영하는 일 덕분이다.

마찬가지로 우리가 여행하는 이 장소에 스며들기 위해 먼저 주변을 유심히 관찰한다. 이것은 나의 여행에서 굉장히 중요한 부분인데, 리사와 함께하는 여행에서도 예외는 아니다. 동네를 이동할 때는 최대한 천천히 걷고 최대한 여러 장면을 눈에 담으려 노력한다. 특징적인 건물과 거리의 모습, 동네를 채우고 있는 다양한 가게와 그 간판 하나하나까지.

그렇게 나의 시선을 기록하다 보면 이 장소를 살아가는 사람들을 자연스레 관찰하게 된다. 그들이 가는 곳, 먹는 것, 바라보는 곳뿐만 아니라 사용하는 언어와 제스처, 행동까지도. 이런 습관 덕분에 낯선 공간에서도 아주 잘 적응하는 편이다. 한 장소에서 다른 장소로 이동하면서 두 점을 잇는 선을 그리고, 또다시 선과 선을 이어 면을 채우는 여행을 즐긴다. 하나의 작은 점에서 출발해 보다 넓은 면적을 만들어나가면 훨씬 풍요로운 여행이 될 수 있다고 믿기 때문이다.

소지품은 최대한 가볍게, 그리고 콤팩트 카메라 하나는 반드시 챙긴다. 요즘은 핸드폰에도 성능 좋은 카메라가 달려 있지만 좀처럼 손이 가지 않는다. 나에게 핸드폰 카메라는 최후의 수단이자 단순한 정보 기록용이다. 핸드폰으로 찍은 사진은 그럴싸하게 보이지만, 결국 그럴싸하게 보이는 데 그친다. 평소에도 작지만 성능 좋은 카메라 하나를 들고 다니며 일상에서, 여행지에서, 언제나 나의 시선이 닿는 곳 구석구석 혹은 우리의 모습을 렌즈에 담는다. 기회가 된다면 이 사진들로 제대로 전시회를 열어보고 싶은 욕심도 있다. 언젠가 때가 되면.

리사는 평소 언어에 관심이 많아 주변 사람들이 사용하는 언어를 유심히 듣고 따라 말하곤 한다. 예전에 프랑스 파리에서 한 달 정도 가족이 함께 지낸 적이 있는데, 나도 아내도 프랑스어를 전혀 쓰지 못했다. 그런데 당시 세 살이던 리사는 사람들의 말을 곧잘 따라 했다. 하루는 마트에서 걸어가다 어떤 사람 뒤에 서서는 "빠흐동~"이라는 말을 했는데, 알고 보니 그것은 길을 지나다 다른 사람과 부딪혔을 때, 뭔가를 부탁할 때, 누군가를 부를 때, 잘 알아듣지 못했을 때, 양해를 구할 때, 프랑스 사람들이 정말 많이 쓰는 표현 "Pardon."이었다.

그로부터 더욱 성장한 리사는 요즘도 사람들이 사용하는 언어를 유심히 보고 들으며 따라 한다. 이탈리아에 와서도 다르지 않았다.

"본 조르노 Buòn giórno."

"그라치에 Gràzie."

"차오 Ciao."

나는 우리가 이곳에서 이방인으로서 머물다 가기보다는, 잠시라도 그 지역 사람이 되어 삶을 살아보기를 원했다. 그래서 숙소도 남부 이탈리아의 평범한 주택으로 선택했고, 신선한 지역 음식을 찾아 먹었다. '의식주' 가운데 '식'과 '주'를 나름대로 현지화한 셈이니, 이제 입고 있는 옷을 바꿔보면 어떨까 하는 생각에 미쳤다. 그러고 보니 이곳 사람들이 유난히 즐겨 입는, 자주 보이는 멋이 있었다. 여성들은 가볍고 편한 원피스, 남성들은 리넨 셔츠였다. 아마도 더위를 피하려는 그들만의 복장인 듯했다.

나도 좋아하고 리사도 좋아하는 쇼핑 시간이었다. 이삼십대에는 워낙 빠듯한 예산으로 여행했던 탓일까. 여행지에서 옷을 산다는 것 자체가 나에겐 익숙지 않았으나, 이번 리사와의 여행에서만큼은 '품'던 돈을 '풀'어보자고 마음먹었다. 그렇다고 마구 쓰자는 것은 아니고, 우리의 취향에 맞는 작은 소비를 즐겨보자는 의미였다.

한국에서 물건을 구입하는 일은 하나부터 열까지 편리하다. 인터넷으로 모든 정보를 얻을 수 있고, 꼼꼼히 비교하고 구매하면 그다음 날 새벽에도 집 앞에 도착한 물건을 받을 수 있는 세상이다. 사실 한국에서도 웬만하면 전 세계의 모든 물건을 구할 수 있다. 여행을 와서까지 굳이 수고스럽게 발품을 팔며 쇼핑하는 이유는 당장 이곳에서 산 옷으로 갈아입고 거리를 활보하고 싶기도 했지만, 경험과 만족, 그리고 즐거움을 소비하는 일이기 때문이었다. 리사가 좋아하고 내가 좋아하는 것을 서로 공유하는 시간을 가진다는 의미도 크고.

여느 유럽 도시와 마찬가지로 이곳도 구시가지에 여러 상점들이 밀집해 있었다. 그림을 판매하는 갤러리, 옷을 판매하는 숍, 카페, 고가구를 판매하는 상점 등 볼거리가 정말 다양했다. 그중 리사의 눈에 단연 들어온 곳이 있었으니, 다양한 원피스를 파는 곳이었다. 첫날 카페에서 만난 할아버지가 추천해준 원피스 가게이기도 했다.

매장 안으로 들어가 마음에 드는 옷을 찾기 위해 하나씩 찬찬히 살펴보았다. 그렇게 십여 분 넘게 신중하게 비교하더니 리사는 원피스 두 벌을 선택했다. 부드럽고 하늘하늘한 소재의 흰색 원피스와 에스닉 패턴이 들어간 원피스였는데, 불과 일 년 전까지만 해도 블링블링한 핑크색 공주 드레스를 찾던 리사의 취향과는 사뭇 달랐다. 몸과 마음이 성장하는 만큼 취향도 새롭게 바뀌어가나 보다. 이곳의 풍경과 너무나 잘 어울릴 것 같은 원피스를 양손에 들고 리사는 한껏 설렌 표정으로 나를 바라봤다. 그 모습을 보고 지갑을 열지 않을 아빠가 어디 있을까. 나는 흔쾌히 구매했고 리사는 탈의실에서 바로 갈아입고 나왔다. 하늘하늘한 소재가 마음에 들었는지, 이리저리 뱅글뱅글 돌면서 둥글게 퍼지는 치맛자락을 보며 즐거워했다.

새 원피스를 입고 시가지를 다시 걷다 이번엔 모자 가게 앞에 멈춰 섰다. 쇼윈도에는 멋진 모자들이 가득했다. 벙거지 모자와 파나마모자, 챙이 넓은 밀짚모자, 탐험가나 사냥꾼이 쓰는 사파리 모자, 손뜨개 모자까지…. 취향이 확실한 리사에게 본인 취향의 모자를 고르는 일은 어렵지 않았다. 뜨거운 햇볕으로부터 자유롭게 해줄 만큼 챙이 넓고, 하늘하늘 흰색 원피스와 어울리는 밀짚모자를 고민 없이 선택했다.

쇼핑하는 중간중간 리사가 지치지 않았는지 컨디션을 체크했고, 조금이라도 지쳐 보이면 잠시 쉬면서 당충전을 했다. 광장에 있는 분수대에 앉아서 수박 주스를 나눠 마시고, 또 아이스크림을 먹기도 했다. 절대 지치지 않는 것이 중요했는데, 왜냐하면 이제 나의 옷을 구경하러 갈 계획이기 때문에.

지금껏 리사의 취향을 담뿍 담은 쇼핑을 했다면, 이
제는 아빠가 좋아하는 소비를 할 차례였다. 앞서 이탈
리아의 여름 풍경을 떠올리면 항상 멋진 패션이 함께
였던 것처럼, 그들의 패션을 늘 동경해왔다. 나도 이곳
에서만큼은 그들처럼 자연스럽고 근사한 여름 복장으
로 바꿔 입어보고 싶었다. 옷걸이가 훌륭하다면 아무
옷이나 걸쳐도 잘 어울리겠지만, 나에게 잘 들어맞는
옷을 찾기란 참 어려웠다. 게다가 나는 결정을 잘 내리
지 못하는 편이다. 그래서 옷을 살 때면 늘 아내의 도
움을 받아왔다. 스스로의 선택이 못 미더워 두 번이고
세 번이고 아내에게 확인을 받고 나서야 구매하는 것
이 익숙할 정도니까.

하지만 지금 이곳에는 아내가 없다. 그렇지만 나를
도와줄 리사가 있다. 리사는 언제나 명확한 의견을 갖
고 있다.

"그건 아빠와 잘 어울려."
"그 옷은 아니야, 내려놔."
"그 옷은 다음에 사자."

이번에도 몇 가지 셔츠를 두고 결정하지 못하는 나에게, 리사는 단칼에 말했다.

"아빠, 그 색은 아빠 수염이랑 안 어울려."
"그 셔츠가 조금 더 길면 예쁠 것 같아."
"나는 아빠가 검은색이랑 핑크색 셔츠를 입으면 좋겠어."

패션 감각도 유전인가? 아니면 아내가 평소에 교육을 시키나? 뭐가 되었든 이렇게 정확한 쇼핑 조언까지 해주다니, 그야말로 최고의 쇼핑 메이트였다. 리사의 조언대로 검은색과 핑크색 셔츠를 하나씩 사고, 리사가 그랬듯이 나 역시 탈의실에서 새 옷으로 갈아입었다. 옷만 바꿔 입었을 뿐인데, 뭔가 현지인 패치가 장착된 기분이랄까. 분명 낯선 곳이었지만 우리는 익숙한 듯 자연스럽게 작은 골목들을 누비고 다녔다.

길을 잃어버리기로

분명 지금까지 내가 여행했던 것과는 전혀 다른 방식으로 이번 여행의 시간을 보내고 있었다. 가장 큰 차이점이라면 엑셀 파일로 여행 일정표를 만들어 촘촘히 계획했고 그것에 제법 충실히 따르고 있다는 것. 혼자 하는 여행이라면 별 계획이 없이 순간의 기분에 따라서 이리저리 발걸음을 옮겼겠지만, 어린 딸과 함께하는 여행에서는 그렇게 할 수 없다. 변수를 최소화하고 최대한 안정적인 여행을 하고자 했다. 제법 많은 것들을 한국에서부터 계획하고 왔다. 매일매일, 시간 단위로 촘촘하게.

하지만 이 계획들이 잘 지켜질 리 만무했다. 한 번도 와본 적 없던 곳일 뿐만 아니라 날씨, 주변 환경, 먹을거리 등 모든 것들이 변수였다. 먼저 날씨에 관해서 이야기해보자면, 어느 정도 꽤 더울 거라 예상했지만 이 정도일 줄은 꿈에도 생각하지 못했다. 태양은 척척이 대지를 태우며, 기온은 끊임없이 치솟아 한낮 최고기온이 섭씨 42~43도에 이르기 일쑤였다. 덥고 적막한 도시의 작은 골목길에서는 마치 사막 한가운데에 서 있는 듯한 분위기가 감돌고 뜨거운 바람이 훅 불어오면 숨쉬기조차 어려웠다.

　끝없는 여름의 품 안에서 영원히 벗어날 수 없을 것 같았다. 걸어서 도시를 탐험하고, 재미난 상점을 구경하고, 맛있는 레스토랑에 가는 계획은 자주 지켜질 수 없었다. 이런 날씨를 지역 주민들은 이미 알고 있었는지, 대부분의 상점이 오후 1시부터 5시까지 브레이크 타임을 가졌다. 해가 머리 위로 높게 오르는 시간부터 해가 서서히 저물기 시작할 무렵까지 문을 닫아두고 휴식을 취한다는 것. 날씨는 더운데 상점들은 죄다 문을 닫으니, 때를 놓치면 식사할 곳도 잠시 쉴 만한 곳도 마땅치 않았다.

그렇다고 숙소에서 에어컨을 틀어놓고 누워 일정표에 적힌 일정들을 해낼 수 있는 상황이 오기를 마냥 기다릴 수만은 없었다. 이가 없으면 잇몸으로. 계획을 새롭게 만들어보거나, 그냥 다 덮어두고 근처 다른 곳으로 떠나야 했다.

터키의 시인 나짐 히크메트가 「진정한 여행」이라는 시에서 "어느 길로 가야 할지 더 이상 알 수 없을 때/ 그때가 바로 진정한 여행의 시작이다."라고 이야기한 것처럼, 우리는 우리의 계획을 잠시 잊기로 했다. 지도에 표시한 일정이 의미 없어졌으니, 지도를 잊어버리고 길을 잃어버리기로 했다. 전력이 부족해 차단기가 이따금씩 내려가는 숙소에서 불안하게 시원함을 즐기고 앉아 있을 순 없으니까.

정확한 목적지는 없었지만, 우리는 수영복 차림이었다. 주차된 차에 타려고 차 문을 열었는데, 한껏 예열된 오븐이 열린 것처럼 뜨거운 열기가 문틈을 비집고 쏟아져 나왔다. 리사를 그늘에서 기다리게 하고 먼저 차에 올랐다. 햇볕에 한껏 데워진 시트와 핸들을 조심스럽게 만지며 에어컨을 틀었다. 하지만 달궈질 대로 달궈진 차 안에서는 무용지물이었다. 하는 수 없이 리사를 태우고 창문을 연 채 제법 달렸을까. 그제야 뜨거운 차 안에 조금씩 번지는 시원한 바람의 기운을 느낄 수 있었다.

우리의 차는 작은 도시를 벗어나 올리브 농장 사잇길을 달리고 있었다. 도시를 조금 벗어나니 남부 이탈리아의 또 다른 비경이 드러났다. 역시나 중간중간 바다가 보였다. 특이한 건물과 레스토랑, 수많은 올리브 농장을 지나쳐 차는 계속 달려 나갔다. 그러다 언제부턴가 우리는 왼쪽에 바다를 끼고서 도로를 따라 계속 이동하고 있었다. 분명 아드리아해를 따라 남쪽으로 내려가는 길이었을 것이다. 정해진 목적지도 없고 정해진 약속 시간도 없기에 우리는 주변을 구석구석 살피며 천천히 길을 달렸다.

삼십여 분 정도 움직였을까. 도로 주변으로 차들이 몇 대 줄지어 주차되어 있었고, 차에서 내린 사람들은 길을 따라 걸어가고 있었다. 그들의 손에는 아이스박스와 파라솔 같은 것들이 하나씩 들려 있었다. 아, 여기다! 이곳에 뭔가 있을 거라는 직감에 바로 차를 세웠다. 우리도 사람들을 따라 일단 걸어가보기로 했다.

우리의 발걸음이 바다에 점점 가까워지고 있나 보다. 햇볕에 타오르는 뜨거운 바람이 조금씩 바닷물에 열기를 가라앉힌 신선한 바람으로 바뀌어 불어왔다. 아주 작은, 버려진 것 같은 낡은 건물 옆을 지나자, 세상에! 덥고 뜨거운 대지의 끝에 펼쳐진, 마치 오아시스와도 같은 자연 풀장이 있는 것 아닌가.

비밀의 문을 열고 들어간 것만 같은 그곳에는 햇빛을 머금은 바위들이 황금색으로 빛났고 높지 않은 바위 절벽 사이로 자연스럽게 만들어진 녹청색의 바다 풀장이 무수히 많이 있었다. 푸른 하늘을 품은 맑고 투명한 물 아래로 오색 물고기와 산호초들이 그대로 들여다보였다. 우리만의 사적인 아틀란티스로 손색이 없는 훌륭한 장소였다. 길을 잃기로 마음먹자, 새로운 길이 열렸다.

이미 출발할 때부터 수영복 차림을 하고 있던 우리는 가방을 내려둔 채 곧바로 물에 뛰어들었다. 바닷물은 뜨거운 해풍을 식혀줄 만큼 시원했고, 몸을 가눌 수 있을 정도로만 잔잔히 출렁이는 파도는 리사와 함께 즐기기에 충분히 좋았다. 바다에 몸을 담그고 열을 식힌 후에야 비로소 주변의 풍경이 하나씩 눈에 들어왔다. 굽이굽이 펼쳐진 작은 바위 사이마다 사람들이 자리를 잡고 있었다. 화려한 수영복 차림의 사람들과 그들이 가지고 온 다채로운 색깔의 파라솔이 멀리서도 도드라져 보였다. 해수욕하는 사람들, 뜨거운 태양 빛을 온몸으로 받아들이며 태닝하는 사람들, 책 읽는 사람들, 웃음소리가 끊이지 않는 아이들….

무엇보다 이곳의 지형은 일반적인 바닷가와 분명히 달랐다. 반듯하게 깎은 듯한 바위 절벽은 오래된 성터 같기도 했고, 계단 같아 보이기도 했으며, 인위적으로 만들었는지 혹은 자연이 빚어낸 아름다움인지 가늠할 수 없었다. 이런 미스터리한 절벽 해안가가 족히 100미터는 이어져 있는 듯 보였다. 물 위에 떠서 바위 절벽을 만지며 이야기를 나누고 있는 우리에게 한 사람이 다가왔다. 그의 말에 따르면 이곳은 고대의 채석장이었다고. 여기서 오 분 거리에 살고 있어서 아이와 함께 매일 와서 수영도 하고 이따금 목욕(?)을 하기도 한다고 했다. 리사와 내가 절벽을 더듬으며 두리번거리고 있어서 그런지 지형에 관해 설명해주고 싶었던 모양이다.

신기할 따름이었다. 고대 시대의 채석장이라면 분명 문화재로 보존되어야 할 텐데, 특별히 펜스를 쳐놓고 출입을 제한하는 것도 아니고, 오히려 동네 사람들이 찾아와서 즐기는 놀이터라는 것이. 친절한 이웃의 이야기를 듣고 나니 우리가 운명처럼 찾아온 지금 이 곳이 더욱 매력적으로 다가왔다.

바닷물은 제법 깊었다. 들어오기 전에는 매우 투명해서 깊이를 가늠할 수 없었지만 바닥에 내려가 닿으면 귀가 먹먹해질 정도이니 족히 수심 5미터는 넘을 듯했다. 우리는 스노클링 장비를 착용하고 바다를 유영하는 다양하고 특이한 물고기들을 구경했다. 리사가 바닥에 보이는 조개와 돌을 궁금해하면 내가 내려가서 갖고 올라왔다. 집에서 챙겨 온 물놀이 도구 바스켓에 바닷물을 담고 내가 잡아다주는 바닷속 보물들을 보관했다.

리사는 작은 바위 위로 올라가 용감하게 다이빙을 시도해보기도 했다. 주변의 또래 아이들과 특별히 대화를 나누지는 않았지만 그냥 그들이 하는 놀이를 따라 하며 자연스레 어울렸다. 그렇게 리사는 물에서 태어난 사람처럼 두세 시간을 수영하고 나서야 뭍으로 나와 그늘에서 조금 쉬었다.

눈앞에 펼쳐진 이 장면을 그저 '예쁘다' '아름답다' 라는 말로 표현하기에는 지극히 평범한 단어들이다. 연한 갈색을 띤 거대한 바위는 바다의 짙은 푸른색, 하늘의 투명한 파란색과 선명하게 대비되고, 파도가 바위에 부딪혀 쏴아 하고 부서지는 소리와 아이들이 신나게 놀며 왁자지껄 떠드는 소리가 섞여 흘렀다. 눈과 귀의 감각이 활짝 열려 어느 하나 아름답지 않은 것이 없었고, 어느 하나 조화롭지 않은 것이 없었다.

계획대로 움직일 수 없었던 순간에 맞닥뜨린 새로움을, 여행의 불확실성이 주는 낭만을 제대로 느끼는 시간이었다. 여행을 계획할 때 '어디로' 여행하는지에 대한 이야기는 많이들 하지만, '왜' '어떻게' 여행하는지에 대한 이야기는 상대적으로 적다. 익숙한 곳에서 벗어나 미지의 세계로 모험을 떠나 기대하지 못한 아름다운 빛을 찾아내는 것이 나와 리사가 여행하는 이유이자 방법임을 다시 한번 몸소 느낄 수 있었다.

유연하고 용감하게 이 시간을 최선을 다해 보내고 나니 어김없이 배꼽시계가 울려댔다. 수영복을 입은 채로 우리는 다시 차에 올라 식당을 찾아 길을 나섰다. 차를 타고 오 분 정도 달린 후 눈앞에 나타난 이정표를 따라 어느 마을로 들어섰다. 단층 건물들이 옹기종기 모여 있는 아주 작은 마을이었다. 눈에 들어오는 유일한 식당에 도착하니 종업원이 물걸레로 바닥을 닦고 있었다. 혹시나 영업 중인 식당이 아닐까 봐 걱정이 되었지만 다행히도 브레이크 타임을 마치고 다시 여는 시간이라고 했다. 우리는 선풍기와 가장 가까운 자리에 앉았다.

바다에서 너무 신나게 놀았던 덕분일까. 마주 앉은 리사의 얼굴은 붉게 달아올라 있었다. 리사는 소울푸드인 토마토 파스타를, 나는 농어 스테이크를, 그리고 우리가 함께 먹을 칼라마리를 주문했다. 먼저 나온 것은 칼라마리. 지중해식 오징어 튀김이라고 보면 될까. 가볍게 레몬즙을 두르고 한입 베어 물었다. 바삭하고 고소한 튀김옷이 가볍게 부서졌고, 함께 씹히는 오징어의 탄력 있는 식감에 감탄했다. 리사도 익숙한 듯 잘 먹었고, 토마토와 마늘, 바질로 만든 소스를 곁들이니 진정 꿀맛이었다.

이곳에서도 리사의 파스타 면은 오레키에테였다. 오늘은 한결 편안해진 마음으로 입 주변에 토마토소스를 잔뜩 묻히고서 서둘러 식사하기 바빴다. 그리고 남부 이탈리아에 오면 꼭 한번 먹어보고 싶었던 농어 스테이크. 의외였던 것은 작은 조각으로 나올 줄 알았던 농어가 거의 한 마리 통째로 내 앞에 놓였다는 것. 역시나 신선하고 부드럽고 입안에서 살살 녹아내리는 맛. 특별한 소스 없이 레몬과 양파, 올리브 정도만 곁들여 먹는데도 전혀 부족함이 없었다. 우리는 테이블에 머리를 박고 게 눈 감추듯 아무 말 없이 세 그릇을 순식간에 해치웠다.

"리사야, 오늘은 어땠어?"
"바다는 너무 신나고 재미있었고, 식당은 별 다섯 개 줄 거야."

건너편 약국 간판의 '오늘의 기온'은 43도를 가리키고 있었다. 아틀란티스라고 하기에는 너무 더운 날씨였나….

올리브 농장 옆 워터파크

2023년 6월, 나는 정말 어려운 시간을 지나고 있었다. 일 욕심이 제법 많은 성격 탓에 다양한 프로젝트를 동시에 진행하게 되었다. 2010년부터 시작했던 브랜드 TRVR의 카페 매장을 각기 다른 두 지역에서 동시에 오픈했고, 이 두 매장의 사소한 부분까지 하나하나 신경 써야 했다. 함께 일할 구성원들을 직접 채용하는 것을 시작으로, 카페의 공간 디자인과 각종 집기 세팅, 메뉴 구성, 시공 등 하루 이틀 안에 끝낼 수 없는 많은 일들을 해내야 했다.

그러던 중 한동안 유심히 지켜봐오던 스웨덴 브랜

드의 플래그십 스토어 전체를 설계하는 기회가 생겼다. 다른 업무들이 이미 과중했지만 반드시 하고 싶었던 프로젝트였기에 한 번 더 욕심을 내서 진행을 맡겠다고 했다. 육 개월이라는 짧지 않은 기간 동안, 이 프로젝트를 굉장히 집중해서 완수해야 했다. 이렇게 제법 굵직한 프로젝트들을 모두 하겠다고 마음먹은 나는 한동안 내 몸을 혹사해야만 했다.

이렇게 치열하게 일을 할 수밖에 없었던 까닭은, 늘 스스로에게 하는 채찍질 같은 질문이 있기 때문이었다.

나는 잘 살고 있는가?
나는 디자이너로서 어떤 사람인가?
나는 대체 불가능한 사람인가?

이런 질문들을 끊임없이 스스로에게 던지면 일을 하고 성장하는 데 큰 동기부여가 되기도 하지만, 언제나 스스로를 있는 그대로 인정하지 않고 비난하며 몰아세운다는 단점이 있다. 스스로를 다그치며 내가 가진 에너지를 소진하다시피 프로젝트들을 잘 마무리하고 나니 그제야 내 몸이 정상이 아님을 알게 되었다.

재가 남아 있지 않을 정도로 불태우고 나니 백혈구 수치가 많이 낮아져 몸 상태가 좋지 않았다. 면역력이 지나치게 떨어져 있었고 위궤양도 생겼다. (위궤양에 걸린 지 수개월이 지났지만 아직도 치료 중이다.) 마치 아주 큰 태풍이 헤집고 지나간 뒤 폐허가 된 마을처럼 신체적으로도 많이 무너져 힘들었지만, 정신적으로도 우울감이 제법 있었다.

재난을 겪은 후 쉽게 복구되지 않는 마을처럼, 마음 한구석에는 늘 힘듦이 있었다. 매일같이 편두통을 달고 살았다. 좀처럼 개운해지지 않는 이 어려움이 이번 여행을 통해서 말끔해졌으면 하는 기대로 비행기를 탔던 것 같기도 하다.

오늘은 도심에서 벗어나 한적하고 고요한 올리브 농장에서 반나절을 보내기로 계획한 날이다. 그토록 명성이 자자한 남부 이탈리아의 올리브. 이곳 사람들의 말에 따르면 남부 이탈리아의 올리브는 "지상에서 맛볼 수 있는 올리브 중 최고."라고 했다. 풀리아 지역은 고대 로마 시대부터 올리브를 재배했던 곳으로 유명한데, 지금도 이탈리아에서 생산되는 올리브 중 30퍼센트가 이곳에서 재배된다고 한다. 그래서인지 차를 타고 도로 이곳저곳 어디를 가도 올리브 나무로 가득한 풍경을 어렵지 않게 만날 수 있다.

우리가 머무는 곳 근처에도 올리브 농장이 많아서 그중 한 곳을 선택해 찾아가보기로 마음먹었다. 사전에 예약은 하지 않았지만 일단 무작정 가보자는 심정이었다. 구글맵을 검색해서 찾은 올리브 농장은 한눈에 봐도 오래된 곳이었다. 농장 입구에서 멀지 않은 곳에 재배한 올리브를 가공하는 건물이 있었고, 뒤편으로는 저 멀리 낮은 산이, 앞으로는 광활한 바다가 펼쳐져 있는 아름다운 풍경을 가진 농장이었다. 이곳은 전통적인 방법으로 올리브를 수확하고 가공할 뿐만 아니라, 그곳에서 직접 올리브와 올리브 오일을 시식하고 체험할 수 있는 투어 프로그램이 있었다.

평소 식재료에 그렇게 관심이 많은 편은 아니지만, 그럼에도 올리브는 내가 좋아하는 과실 중 하나였으므로 기대가 컸다. 투어를 마치면 이곳에서 재배한 올리브로 만든 절임과 오일도 사야겠다고 생각했다. 이곳 레스토랑에서 처음 올리브의 맛을 알게 된 리사도 기쁜 마음으로 오늘을 기다려왔고 농장에 도착하자 강아지처럼 이리저리 뛰어다녔다.

나이 지긋한 농장 주인이 직접 나와 올리브 농장에

대해서 설명해주었는데, 이곳은 그의 증조할아버지로
부터 시작된 농장이라고 했다. 농장의 역사와 올리브
수확 방법, 오일 생산 과정에 대해서 친절한 설명이 이
어졌다. 또 올리브 나무의 종류와 이 농장의 특별한 재
배 기술에 대해서, 그리고 올리브 품종의 비율에 따라
서 달라지는 오일의 향과 질감에 대해서. 솔깃한 이야
기를 재미있게 듣는 나와는 반대로 리사는 힘들어했
다. 아뿔싸. 뛰어놀기를 바라는 리사에게 지루한 설명
이라니…. 내 생각이 짧았다. 빨랫줄에 널린 옷감처럼
축 늘어져 어서 이곳을 벗어나고 싶어 했다. 투어가 시
작된 지 채 삼십 분이 되지 않은 때였다.

　그러던 중 내 눈에 들어오는 것이 있었다. 끝없이 펼
쳐진 올리브 나무숲 가운데, 알록달록한 슬라이드의
가장 윗부분이 봉긋 솟아 있는 것이 보였다. 분명 저것
은 워터 슬라이드다. 힘들어하는 리사에게 목말을 태
워 보여주니 그제야 휘둥그레진 눈을 하고 소리를 질
렀다. 급히 지도 앱을 열어 슬라이드가 있는 방향을 확
인해보니 세상에, 그곳엔 워터파크가 있었다.

　"우리 워터파크 갈까?"

리사의 귀에 대고 조용히 속삭였다. 역시 상기된 표정과 함께 너무나도 당연하다는 듯 고개를 연신 끄덕였다. 우리는 농장 주인에게 양해를 구하고 누가 먼저랄 것도 없이 주차된 차로 달려갔다. 뜨겁게 달궈진 차가 어느 정도 시원해지길 기다렸다가 타야 했지만, 우리는 그런 건 아랑곳하지 않은 채 바로 시동을 걸어 슬라이드가 보이는 방향으로 무작정 내달렸다. 역시나 입고 있는 수영복 그대로 달려들 요량이었다.

그곳에 도착하니 커다란 지구본 모양의 조형물 위로 만국기가 펄럭이고 있었고, 가족 단위의 많은 사람들이 다양한 물놀이 도구를 두 손 가득 들고 입장하고 있었다. 한눈에 봐도 제법 규모가 큰 워터파크였다. 올리브 나무만 무성한 숲 사이로 갑자기 오아시스처럼 워터파크가 나타났다는 것이 보고도 믿기지 않았지만, 지금 믿고 믿지 않고는 중요하지 않았다. 우리 앞에 워터파크가 있고, 즐길 준비가 되었다는 사실만이 중요할 뿐.

먼저 넓게 펼쳐진 얕은 수영장이 우리를 맞이했다. 다양한 형태와 깊이의 수영장과 함께 특이한 모양의 놀이기구들, 인공파도에서 서핑을 할 수 있는 기구, 허기를 채울 수 있는 식당 등 다양한 즐길 거리가 곳곳에 가득했다.

파라솔 하나와 선베드 두 개, 자리를 잡은 후 리사는 본격적으로 놀 준비를 했다. 아무래도 나는 이번에도 소지품이 걱정되어 짐을 지켜야겠거니 했는데, 다들 칼라 코체 해변에서처럼 짐을 자리에 무심하게 내려둔 채 워터파크를 즐기고 있었다. 이곳은 확실히 로마나 대규모 관광지와는 다르게 비교적 도난으로부터 안전한 곳인 듯했다.

나는 리사의 얼굴과 뒷목, 팔다리 구석구석에, 그리고 리사는 나의 등에, 자외선 차단제를 골고루 발라주었다. 그리고 리사가 먼저 얕은 물에 뛰어들었다. 작은 슬라이드가 있었고 잔잔하게 깔린 물 위로 비교적 어린 친구들이 즐길 수 있는 놀이터도 있었다. 이곳에는 가족 단위로 찾아오는 사람들이 정말 많았는데 특히 주변의 중고등학교 학생들이 자주 오는 듯했다. 주변을 한참 둘러본 후에야 더욱 마음이 놓여서 이제 꽤나 편한 마음으로 이곳을 즐길 수 있을 것만 같았다.

일곱 살이지만 키가 큰 리사는 또래에 비해 성숙한 편인데, 그래서인지 어린아이들이 노는 놀이터보다는 성인들이 탈 수 있는 다양한 모양의 워터 슬라이드에 더욱 관심을 보였다. 조금 멀리 떨어진 곳에는 뱅글뱅글 돌아서 내려오는 슬라이드부터, 경사가 급해서 거의 수직으로 떨어지다시피 하는 슬라이드, 안에 들어가면 암흑처럼 아무것도 보이지 않는 슬라이드, 2인 1조가 되어 함께 타는 슬라이드 등 다양한 슬라이드가 있었다. 스릴 있는 놀이기구를 좋아하는 것을 보면 리사는 분명 나를 닮았나 보다. 나 또한 어릴 적 또래가 즐기는 놀이기구보다 더 크고 더 높은 곳을 좋아했다. 반면 아내는 스릴 있는 놀이기구를 좋아하지 않아 놀이공원에서는 늘 우리를 바라봐주고 기다려주었다.

리사는 혼자서 큰 언니 오빠들 틈에 끼는 것이 영 쑥스러웠는지, 나의 팔을 잡아끌며 함께 가자고 했다. 한편으로는 선베드에 누워서 쉬고 싶은 마음도 있었지만 리사의 간곡한 부탁에 못 이기는 척 같이 따라나섰다. 제법 걸어가야 하는 길바닥이 너무 뜨거워 토끼처럼 경중경중 뛰다 보니, 웃음이 나오고 절로 신나는 느낌이랄까….

워터 슬라이드 앞에 도착해 줄을 섰다. 슬라이드가 긴 만큼 꽤 많은 계단을 올라가야 했는데, 계단 끝에 올라서니 올리브 농장이 워터파크 주변을 감싸며 광활하게 펼쳐져 있었다. 우리가 조금 전 올리브 농장에서 보았던 봉긋 솟은 워터 슬라이드에 올라온 것이다. 우리는 먼저 급경사의 일자형 슬라이드를 타기로 하고 각자의 레일에 앉아 출발 신호를 기다렸다. 드디어 출발! 물살이 심하게 튀어 오르는 바람에 제대로 눈을 뜰 수 없었다. 리사는 옆에서 돌고래 목소리를 내며 소리를 질렀고 나도 모르게 절로 비명이 나왔다. 아마도 초등학교 3학년 시절, 대구 두류공원의 워터 슬라이드를 경험한 이후로 삼십 년 만에 처음 느껴보는 희열이 아니었을까.

어찌 된 영문인지 얼굴에 물을 잔뜩 맞으며 내려와 아래쪽 풀에 처박히는 그 순간이 너무나 신났다. 오래된 체증이 내려가는 것처럼, 그간 쌓여 있던 스트레스가 한 번에 해소된 것 같은 기분이었다. 리사의 손을 잡고 그곳에 있는 모든 슬라이드를 섭렵했다. 2인 1조로 함께 튜브에 올라 빠른 속도로 뱅글뱅글 돌며 내려오는 것도, 그리고 마지막 순간에 뒤집히는 튜브도 완벽했다. 어린 시절 느꼈던 즐거움 그대로였다.

리사와 함께 슬라이드를 타면 탈수록 지치기보다는 도리어 에너지가 차오르는 기분이 들었다. 몸과 마음이 한결 가벼워진 느낌이랄까. 혹은 내 안의 아주 깊은 곳에 있던 소년의 마음이 깨어난 것일까. 오랜만에 느껴보는 맑은 에너지였다. 기구를 타는 내내 웃음이 나왔다. 매일 아침이면 어김없이 시작해 하루 종일 나를 불편하게 했던 편두통이 전혀 느껴지지 않았다. 그렇게 나는, 약을 먹어야만 잠재울 수 있었던 통증을 슬라이드에 태워 보내버렸다.

한참을 리사와 함께 뛰어다니며 워터파크를 누볐다. 건강을 생각해서 그간 찾지 않았던 콜라와 핫도그도 함께 먹었고, 딸과 함께라는 좋은 핑계로 내가 더 신나게 즐기고 많이 웃었다. 정말이지 아무 걱정도 고민도 없는 무구하고 무해한 시간이었다.

최근 몇 년의 시간을 돌이켜보면, 그동안 나는 어른이라는 굴레 안에서 너무 진지하려고만 애썼던 것이 아닌가 싶다. 어린아이들이 슬라이드에 몸을 맡기며 사소한 것에 즐거워하고 기뻐하는 마음이 대부분 사라진 지금, 일상 속의 작은 것에서 큰 기쁨을 찾는 것. 지금 내게 필요한 것은 바로 이런 것이 아닐까. 몸은 이미 성장을 끝냈고 나이가 들었지만, 여전히 소년의 설렘과 개구쟁이의 모습이 내 안에 있다.

맨발로, 바다까지

　전체 일정의 절반을 넘어섰을 때쯤 두 번째 숙소로
짐을 옮겼다. 이전 숙소보다 조금 더 구시가지 중심에
위치한 오래된 건물이었다. 복층으로 된 숙소의 2층에
올라서면 특이하게도 유리창 너머로 성벽과 아주 큰
화포가 보였는데, 과거에 도시를 지키기 위해 세운 성
벽인 듯했다. 그리고 성벽 뒤로는 에메랄드와 코발트
를 섞어놓은 듯한 아름다운 아드리아해를 감상할 수
있었다. 숙소로부터 사람이 붐비는 해변까지는 걸어서
삼십 초 안에 도착할 수 있을 만큼 매력적인 위치였다.
물놀이하러 갈 때도 짐을 바리바리 챙길 필요 없이 수

영복만 입고 맨발로 해변까지 걸어가기에도 충분했다.

리사는 서울에서보다 더 밝고 더 야생적인 활기를 띠기 시작했다. 우리는 종종 가까운 거리를 맨발로 걸어 다녔는데, 한낮에 강렬하게 쏟아지는 햇빛으로 한껏 데워진 길바닥 위를 총총 뛰어가 재빨리 바닷물에 발을 담그곤 했다. 할딱이는 숨, 콧등에 송골송골 맺힌 땀, 얼굴 가득 번지는 함박웃음, 리사의 모든 것이 그렇게 예뻐 보일 수가 없었다. 그을린 피부와 밝은 표정, 길고 검은 머리는 〈정글북〉의 모글리를 연상케 했다. 얼굴과 눈빛에는 여유와 활기가 드러났고 손짓과 행동에는 열정과 호기심이 넘쳐났다. 처음 이 도시에 도착했을 때와는 확연히 다르게 새로운 길을 탐험할 때도 전혀 긴장하지 않았고, 좁고 미로 같은 골목을 앞장서서 걸어가기도 했다.

이곳에 도착한 지 닷새 정도 지났지만 우리는 여전히 시차에 적응하지 못하고 새벽에 일어났다. 적응하지 못했다기보다는 적응하지 않으려 했던 것 같다. 매일 아침 일출 전에 눈을 떠서 하루를 시작하는 것이 좋았다. 너무 덥지 않을 때 가벼운 복장으로 동네를 걸으며 커피와 우유, 빵으로 가볍게 식사하면서 하루를 시작하는 것이.

그렇게 아침을 먹고 나면 가볍게 동네를 탐험했다. 어제 가보지 않았던 새로운 길과 작은 광장들. 그리 크지 않은 동네의 구석구석을 관찰했다. 오전 시간에만 특별히 느낄 수 있는 평화로운 분위기가 있었고 마을은 정갈해 보였다. 집에 돌아오면 별달리 이야기하지 않아도 자연스레 수영복으로 갈아입었다. 하루에 두세 번 정도 바닷물에 들어갔는데 이 시간이 그중 첫 번째였다. 모래놀이 세트와 스노클링 장비들, 비치타월과 몇 가지 간식을 챙겨 집 앞 해변으로 향하는 것이다.

나는 평소에도 매일 새벽 수영을 1킬로미터씩 하고 있는데, 이곳의 바다에서도 운동한다는 생각으로 열심히 수영했다. 그렇게 내가 수영으로 혼자 시간을 보낼 때 리사는 옆에서 함께 수영하기도 했지만 주로 해변 백사장에서 모래놀이를 했다. 혹시나 리사가 혼자 있는 것을 불안해하지는 않을까, 멀리는 가지 않고 얕은 물에서 중간중간 리사의 이름을 불러주었다. 먼바다에서 불어오는 시원한 바람이 좋은 오전이었다.

오전 시간을 주로 가벼운 식사와 바다 수영으로 채웠다면, 점심은 본격적인 맛집 탐방을 하는 시간이었다. 동네 곳곳에 아기자기한 상가와 음식점들이 즐비해 있고 맛집으로 소문난 곳도 제법 많았다. 바닷가 마을답게 해산물 요리를 판매하는 곳들이 많았는데, 지중해 연안에서 잡히는 신선한 해산물을 넣어 식재료 본연의 맛을 살려낸 요리로 유명했다. 어떤 날에는 해산물 튀김 요리를 먹었는데 아주 얇은 튀김옷을 입은 해산물은 보기만 해도 맛있었다. 남부 이탈리아 지역에서 유명한 레몬을 해산물 요리 위에 살짝 뿌려 먹으면 그야말로 입안에서 지중해가 그대로 살아 숨쉬는 마법이 펼쳐졌다.

리사가 좋아했던 파스타와 피자는 두말할 필요도 없었다. 훌륭한 소스에 버무린 파스타는 슴슴하면서도 감칠맛이 넘쳤고, 신선한 재료로 만든 토마토 파스타와 치즈 피자는 우리의 입맛의 기준을 올려주었다. 한 번은 파스타 면에 치즈만 올라간 올리브 파스타를 먹은 적이 있었는데, 이 파스타는 내가 먹은 이탈리아 파스타 중 단연 최고였다. 이토록 단출한 재료로 어떻게 이런 깊은 맛을 내는지….

한국에서는 잘 먹지 않던 요리에도 도전했는데, 리사는 칼초네를 맛보기도 했고 남부 이탈리아에 온 만큼 극도로 단순한 구성의 피자들도 종류별로 섭렵했다. 토핑이 한가득 올라간 우리나라 프랜차이즈 피자와는 맛도 식감도 완전히 달랐다. 대개는 입맛에 잘 맞았지만 안초비가 통으로 올라간 나폴리 피자는 예외였다. 과거 어부들이 항해를 나가 가볍게 먹었다는 피자라는데 어떤 이유에서인지… 안초비가 나와 리사의 입맛에 맞지 않았다.

저녁이 되면 나는 가볍게 와인을, 리사는 와인잔에 오렌지 주스를 담아 서로 잔을 부딪쳤다. 모든 것이 완벽했다. 우리는 짙어진 피부색만큼 이곳에 스며들었다. 뜨겁기만 했던 햇살도 제법 익숙해졌고 동네를 어슬렁거리는 고양이와도 친해졌다. 매일 아침마다 가는 카페도 생겼으며 그 앞에 그냥 지나칠 수 없는 놀이터에서 가볍게 운동도 했다. 나는 벤치에 기대어 팔굽혀펴기와 윗몸일으키기를 했고 리사도 옆에서 내가 하는 모습을 보고 따라 했다. 짧은 일정 속에서도 이 도시에 적응하며 일상의 루틴을 만들고 있었다.

인간은 환경과 맥락에 따라 달라진다고 했던가. 영화 〈인터스텔라〉 속 주인공 쿠퍼가 다른 행성에서 지구와 다른 시간을 보낸 것처럼 우리의 시간은 이곳에서 더욱 천천히 흐르는 듯했다. 모든 것들이 가득 넘쳐나고 빠르게 변화하는 대도시 생활에 너무 익숙해진 탓일까. 매사 여유가 넘치는 이곳의 시간은 분명 서울과는 다른 속도로 흘렀다. 일분일초를 의미 있게 보내겠다는 강력한 마음가짐 덕분인지 시간은 우리가 아주 알차게 즐길 수 있도록 천천히 흘러가는 것만 같았다.

리사가 빠르게 커가는 것을 보면서 우리의 삶이 유한하다는 것을 절실히 체감하는 요즘이다. 그래서 지금의 내 삶은 온도와 밀도가 매우 높다. 삶이 유한하듯 우리의 시간도 영원하지 않다는 것을 알기에, 지금 나와 함께하는 사람, 그리고 우리에게 주어진 시간을 정말 뜨겁게 진심으로 살아내려 한다. 나를 또는 우리를 더 깊이 알아가려 애쓰고, 더 가치 있는 삶을 살기 위해 내게 주어진 시간을 의미 있는 것들로 채우려 한다. 이것이 나를 위해서도, 혹은 타인을 위해서도 진정한 사랑일 거라 믿으며.

내 마음을 이곳에 두고 왔다

우리가 여행을 시작할 때쯤 내가 좋아하던 음악가 토니 베넷Tony Bennett이 세상을 떠났다는 소식을 접했다. 아내와 나를 연결해주었던 음악 〈I Left My Heart In San Francisco〉를 부른 뮤지션이었다. 리사와도 종종 같이 들었던 곡인데, 이동하는 차 안에서 아빠가 좋아하던 뮤지션이 하늘나라로 갔다고 이야기해주고 이 음악을 틀었다. 언젠가는 함께 샌프란시스코에 가서 이 음악을 들어보자며.

그의 노래가 흘러나오는 차를 타고 우리는 폴리냐노 아 마레로 향했다. 한 달 전, 이번 여행을 계획할 때

모노폴리 주변의 멋진 해변을 찾다가 이곳의 모습을 보고는 반드시 가려고 표시했던 동네다. 풀리아 지역의 대표적인 관광지로, 아주 높은 석회암 절벽 사이 아드리아해 특유의 녹청색 바다로 유명하다. 아마 이 동네 이름을 처음 들어본다 하더라도 그 절벽을 끼고 있는 해변의 사진은 한 번쯤 본 적이 있을 것이다. 그곳은 바로 라마 모나킬레Lama Monachile.

푸른 바다를 끼고 있는 높은 절벽 위에 놓인 하얀 집들. 이 아름다운 비경은 이곳을 유명한 포토 스팟으로 만들었고 우리가 간 날에도 수많은 관광객이 모여 있었다. 바다에서 조금 떨어진 공영 주차장에 차를 세우고 수영할 채비를 해서 바다로 향했다. 그런데 절벽 아래로 그림 같은 해변이 바로 눈앞에 펼쳐져 있었지만 도무지 내려가는 길을 찾을 수 없었다. 더운 날씨에 조금 헤매고 있자니 마음이 바빠졌는데 리사가 나를 잡아끌며 '저기'로 가보자고 했다.

리사가 가리키는 곳을 따라 즐비한 상가 뒷골목에 접어드니 더운 날씨에 기운 빠진 개 한 마리가 엎드려 있었다. 그 길을 따라 쭉 내려가니 정말 해변으로 이어지는 게 아닌가. 수많은 노점상이 줄지어 있고 관광객이 물건을 흥정하는 모습은, 이곳이 유명 관광지라는 사실을 다시 한번 확인시켜주었다. 모자를 판매하는 사람, 머리를 땋아주는 사람, 물과 음료를 판매하는 사람…. 지금 우리가 지내고 있는 모노폴리보다 훨씬 활기가 느껴졌다.

우리는 조금 더 걸어 해변으로 들어갔다. 이미 해변에 자리를 잡은 수많은 사람들 사이에서 우리의 비치타월을 펼칠 수 있는 공간을 찾으러 다녔다. 아찔한 절벽 아래에도 바위틈마다 공간만 있으면 사람들이 자리잡고 있었다. 우리 역시 그런 곳에 올라가 자리를 잡고 누워보는 것도 매력적이겠지만, 리사와 함께하는 만큼 안전이 최우선이었다. 사람들 사이를 비집고 조금 더 들어가보니 운 좋게 해변에서 가장 가까운 곳에 자리를 잡을 수 있었다. 모래사장이 아닌 둥근 돌로 이루어진 해변이라 편하게 앉거나 누울 수는 없었지만 우리는 아랑곳하지 않고 곧장 바닷물로 뛰어들었다.

석회암으로 이루어진 큰 절벽 사이 푸른 바다에서 수영한다는 것은 그야말로 이색적인 경험이다. 바다를 둘러싸고 있는, 깎아지른 듯한 절벽 곳곳에 사람들이 있었고 이들은 절벽 여기저기서 다이빙을 했다. 리사와 나는 바다 가운데 둥둥 떠서 다이빙하는 사람들을 한참 구경했다. 재미난 것은 다이빙하는 소년들이 많았는데 그들이 자꾸 절벽에 있는 작은 구멍으로 사라지는 것이었다. 하나둘씩 영화 〈구니스〉에 나올 법한 동굴 같은 음습한 곳으로 들어가더니 이내 절벽 위에서 모습을 드러냈다. 그리고 그 소년들은 또다시 다이빙했다. 낮은 절벽에서, 그리고 가장 꼭대기에서. 정말 동굴이 있는지 궁금했지만 바닷물 안에서는 확인할 길이 없었다. 뛰어들고 다시 오르고, 또 뛰어들고 또다시 오르고. 소년들은 마치 내일은 못 뛰어드는 사람처럼 계속해서 바다로 풍덩 뛰어들었다. 아마 내일도 똑같이 다음이란 없는 것처럼 뛰어들 것이다. 마치 다이빙하는 기계처럼.

이런 분위기에 이끌려 나도 리사와 함께 낮은 절벽의 틈 위로 조심조심 올라가보기로 했다. 아주 조금 올라왔을 뿐인데도 해변의 전경이 한눈에 들어왔다. 마음이 탁 트이며 묘한 해방감을 느꼈다. 이제 다이빙할 차례. 숨을 한번 크게 고르고 "와아아악!!" 비명을 지르며 몸을 던졌다. 절벽에 부딪히는 파도 소리, 수많은 사람들의 웅성거림에 묻혀 우리의 비명을 듣는 사람은 아무도 없었다. 아무래도 좋았다. 우리도 소년들처럼 뛰어들고 다시 오르기를 반복하며 자유로운 시간을 만끽했다.

이 엄청난 풍경을 배경으로 리사는 엄마에게 보낼 동영상을 찍으며, 다음에는 꼭 함께하고 싶은 마음을 담았다. 숙소에서 챙겨 나온 바나나와 사과로 허기진 배를 달래고 이제 다시 왔던 길을 돌아 나가는 길.

그때, 해변으로 향하던 길에 보았던 한 여성이 백인 소녀의 머리를 땋고 있었다. 대학 시절 너무 하고 싶었으나 용기를 내지 못했던 콘로cornrow 스타일이었다.

"리사야, 혹시 저렇게 머리해볼래? 아빠는 너무 해보고 싶었는데, 지금은 머리가 짧아서 못해."
"응! 나 해볼래!"

의자에 앉아서 머리를 땋고 있는 소녀의 모습이 예뻐 보였는지 리사는 의외로 용감하게 대답했다. 완성되어가는 소녀의 머리를 보며 부푼 기대감을 갖고 간이 의자에 앉았다. 세네갈에서 왔다고 자신을 소개한 흑인 여성은 가방 안에 준비된 촘촘한 빗과 바셀린을 꺼내 의자 옆에 두고 리사의 머리를 빗어나갔다. 아주

곧게 빗고 난 다음 머리에 길을 만들어 바셀린을 바르고는 촘촘히 땋기 시작했다.

아주 섬세한 그녀의 손놀림이 신기해 그저 넋을 놓고 바라보았다. 십 분이면 된다고 했던 머리는 삼십 분 정도가 지나서야 완성되었다. 리사는 본인의 머리를 굉장히 마음에 들어 했다. 한국에 돌아갈 때까지 머리를 깔끔하게 잘 관리해서 엄마에게도, 그리고 유치원 친구들에게도 보여주고 싶다며 거울 속 자신의 모습을 요리조리 살펴보았다.

새로운 머리를 하고 수영복에서 원피스로 갈아입은 후, 우리는 수영할 때 보았던, 절벽 위에 집들이 모여 있는 곳으로 향했다. 멀찌감치 떨어져서 바라본 절벽 위의 집들은 왠지 위태로워 보였는데, 막상 동네로 향하는 문을 지나 마을로 들어서니 더없이 포근하고 안정적인 분위기였다.

언제나처럼 우리는 골목 탐험을 시작했다. 꼬불꼬불한 골목을 따라 발길이 이끄는 대로 걷다 보니 푸른 덩굴식물들이 건물 벽을 타고 올라가 온통 뒤덮여 있었고, 여러 색깔의 꽃과 식물이 곳곳에서 우리를 맞이했다. 이곳과 어울리는 아기자기한 상점과 식당들, 그리고 여러 장인의 공방이 즐비했다. 어디로 시선을 돌려도 새로운 풍경이, 소박하지만 정감 있는 전경이 펼쳐졌다.

걷다 보니 막다른 골목도 몇 번 마주쳤는데, 막힌 길마다 사람을 반겨주는 꽃이며 식물들이 잔뜩 놓여 있거나 자그마한 계단으로 올라가는 집들로 연결되었다. 그렇다 보니 길이 막혔다고 해서 당황스럽거나 힘이 빠지는 게 아니라 도리어 다른 막다른 골목은 어떤 모습일지 궁금해졌다.

걷다가 다리가 아프면 자그마한 계단에 앉아 잠시 쉬며 이런저런 이야기도 나누었다. 평소에도 시시콜콜 많은 대화를 나누는 우리였지만 낯선 타국에서 서로를 의지한 채 보다 깊게 이해하고 배려하고, 무엇보다 많이 웃었다.

"이탈리아에서 산 이 모자는 어디가 앞이야?"
"리본이 있는 쪽이 앞이야."
"여기 정말 예쁘다."
"그렇지? 여기서 사진 찍어줄까?"

리사는 모자를 예쁘게 고쳐 쓰고, 우리의 발길이 닿

는 골목마다 포즈를 취하며 새로운 머리 스타일과 휘날리는 원피스를 한껏 뽐냈다. 나는 표정 하나라도 놓칠세라 연신 셔터를 눌렀다.

어느 골목을 지나자 건물이 아닌 파란 하늘이 눈에 들어왔다. 그리고 그 아래로는 우리가 얼마 전까지 헤엄치고 다이빙하며 시간을 보냈던 바로 그 해변이 내려다보이는 게 아닌가. 높은 곳에서 내려다보니 그 해변은 두 개의 절벽에 가려져 비밀스러웠고, 알록달록한 파라솔과 비치타월이 해변을 가득 채우고 있었다. 그야말로 장관이었다. 나중에 기회가 된다면 반드시 우리 가족이 모두 함께 이 장면을 바라볼 수 있기를 간절히 바랄 정도로.

나는 내 마음을 이곳 라마 모나킬레에 두고 왔다.

일 돌체 파르 니엔테!

오늘은 조금 시원한 곳에서 더위를 식힐 요량으로 이 지역에서 유명한 동굴을 찾아가기로 했다. 그로타 디 카스텔라나Grotte di Castellana라는 이름의 이곳은 삼십 분가량 차를 타고 이동해야 했다. 우리가 그동안 봐왔던 해변과는 사뭇 다른 분위기의 마을이었는데, 사람이 많지 않아 한적하고 동굴 주변으로는 몇몇 레스토랑과 동굴에서 채취한 것 같은 아름다운 돌을 가공해서 파는 상점이 있었다.

예약은 따로 하지 않고 동굴 앞에 도착했는데, 알고 보니 이곳은 정해진 시간에 가이드 투어로만 들어갈 수 있는 곳이었다. 다행히도 곧 시작하는 투어가 있어 주변에서 기다리기로 했다. 아이스크림을 사 들고 주변 숲을 거닐며, 서로가 서로의 사진을 찍어주거나 카메라를 멀리 두고 타이머로 함께 사진을 남기기도 했다. 기다리는 시간마저 즐거웠다.

가이드가 투어 신청자들을 부르는 소리를 듣고 티켓 부스 앞에 모였다. 세 팀으로 나누어 동굴로 통하는 건물 안으로 들어갔다. 우리가 속한 팀은 이탈리아어로 진행되는 투어라 정확히 어떤 곳인지 세세한 내용을 이해할 수는 없었지만, 동굴을 경험하는 것만으로도 충분히 설렜다.

리사는 물론이고 사실 나도 동굴은 처음이었다. 언제부터인가 나는 여행할 때 새로운 경험을 하는 것에 큰 의미를 부여하기 시작했다. 처음 가보는 곳, 처음 먹어보는 음식, 처음 해보는 액티비티. 살면서 적지 않은 여행을 해왔고 이미 다양한 것들을 많이 경험했다고 생각했는데, 아직도 해보지 못하고 가보지 못한 미지의 세계가 너무 많다. 그중 하나를 오늘 경험하는 것이다. 리사와 함께.

우리는 아담한 동굴 안에 앉아서 적당히 더위를 식

히는 프로그램을 예상했지만 입구를 지나 아래로 내려
가자 한눈에 담을 수 없을 만큼 엄청나게 넓은 공간이
펼쳐졌다. 높이를 가늠할 수 없을 정도로 높은 천장(?)
에 난 큰 구멍으로 빛이 들어왔고, 그 빛으로 동굴 전
체를 볼 수 있었다. 입구만 큰 것이 아니라, 이 동굴의
전체 길이는 3킬로미터가 넘는다고 하니 잘은 몰라도
우리가 생각했던 그런 아담한 동굴이 아닌 것은 확실
했다.

동굴을 다녀온 뒤 나중에 알게 된 사실인데, 그로타
디 카스텔라나 동굴은 지구상에서 지금까지 발견된 석
회동굴 중 규모가 가장 큰 동굴에 속했다. 수영복에 반
소매 티셔츠를 하나씩 걸친 우리의 복장에 비해 동굴
은 굉장히 크고 웅장했고, 내부는 얼음장처럼 차가운
곳이었다. 덕분에 우리 둘은 꼭 붙어 다니면서 몸에 열
을 내리려고 부지런히 움직였다.

흔하게 볼 수 없는 풍경의 연속이었다. 어렸을 때 교
과서에서 봤을 법한 종유석, 석순, 석주 등 진귀한 동
굴 속 풍경을 실제로 확인할 수 있었다. 종유석은 위
에서 아래로 자라는 것, 석순은 종유석에서 떨어진 것
이 쌓여 아래에서 위로 올라오는 것, 그리고 석주는 그
두 개가 만나 기둥이 된 것이라고 배웠던 기억이 떠올

랐다. 이탈리아어로 설명하는 가이드의 말을 알아들을 수 없으니, 나는 내가 가진 기초 지식을 총동원해 최대한 친절히 리사에게 설명해주었다.

"아빠, 이건 조금만 기다리면 종유석과 석순이 붙어서 석주가 될 것 같아."

"우리가 보기엔 몇 센티미터 남지 않았지만, 수백 년 혹은 수천 년이 걸려야 만날 수 있을 거야."

40도가 웃도는 날씨에 이곳을 방문한 것은 정말 잘한 선택이었다. 가이드 말에 따르면 이 동굴의 온도는 늘 17도 정도라 여름에 이 지역을 찾은 관광객들이 방문하기에 제격인 곳이라고 했다. '하얀 동굴Grotta Bianca'이라고도 불리는 이곳은 희고 투명한 설화석고로 이루어져 있어 그 어떤 동굴보다 아름답다는 설명도 덧붙였다. 말뿐만 아니라 실제로도 조명이 비친 동굴의 모습은 중간중간 투명하기도 하고 반짝이기도 했다. 정신이 혼미해질 정도로 아름다웠다.

두 시간 가까이 되는 투어 내내 눈에 담은 장면들은 우리가 평소에 사용하는 일상적인 언어로는 표현하기 어려울 만큼 새로운 경험이었다. '경이로움'이라는 단어가 떠올랐지만, 이 단어 하나만으로 설명하기에 부족할 만큼 흥미롭고 값진 경험이었다.

풀리아에서 보내는 일곱 번째 날. 이번에는 또 다른 주변 마을로 여행을 떠났다. 차를 타고 한 시간 정도 떨어진 곳에 위치한 알베로벨로라는 마을이 오늘의 목적지다. '아름다운Bello 나무Albero'라는 뜻에서 유래한 이름이라고 들었지만, 실제로는 '무기를 만드는 숲'이라는 의미로 사용되고 있다고. 꿈보다 해몽이라고 했던가. 나는 첫 번째를 믿기로 했다.

이곳은 동화에 나올 법한, 트룰리Trulli라는 독특한 백색 돔 형태의 건축물로 이루어진 마을로 유명하다. 역사적으로도 굉장히 의미가 있는 이 마을은 1996년 유네스코 세계 문화유산으로 등재되기도 했다.

우리를 가장 먼저 맞이한 곳은 마을의 큰 광장이었다. 특별한 목적이 있어서 이곳을 찾은 것은 아니었지만 마을을 돌아다니며 특이한 건축물을 감상하는 것만으로도 충분하다는 생각이었다. 작은 건축물들이 오밀조밀 모여서 만들어낸 풍경은 흡사 스머프가 살고 있는 버섯으로 만든 집을 연상케 했다.

본격적인 마을 투어에 앞서, 광장의 한 식당에서 식

사를 하기로 했다. 리사의 메뉴는 오늘도 토마토 파스타. 이러다가 얼굴이 토마토색으로 변하는 건 아니겠지. 맛있게 잘 먹으니까 그것으로 충분하다. 나 또한 이날만큼은 오로지 이름에 끌려 메뉴를 골랐는데, 무려 '할머니의 비밀 레시피Grandma's Secret Recipe'였다. 이렇게 역사적인 이탈리아 동네에서 할머니가 만든 비밀 레시피라니, 꼭 먹어봐야 하지 않을까. 리사도 한껏 흥분된 목소리로 말했다.

"할머니 파스타 나오면 나도 조금 먹어볼래!"

주문을 마치고 식당 앞 야외 자리에 앉으니 창문 너머로 요리하는 주방이 훤히 보였다. 분주하게 요리하는 앳된 요리사들 가운데 그 어디에서도 할머니는 찾아볼 수 없었다. 아마도 할머니는 레시피만 제공했나 보다. 역시 관광지라서 그런가… 실망하려던 찰나, '할머니의 비밀 레시피'로 만든 버섯 크림 파스타가 나왔고, 조금 미심쩍었던 예상과는 달리 실망시키지 않는 맛이었다. 사실 이탈리아 어디에서도 파스타는 한 번도 실패한 적이 없다.

배를 채웠으니 이제 좀 걸어볼까. 작은 골목을 사이

에 두고 옹기종기 모여 있는 트룰리 중에는 실제로 체험해볼 수 있도록 호텔로 개조한 곳들도 적잖게 있었다. 나무와 꽃을 파는 상점들, 선물 가게, 찻집 등 상업 용도로 사용하는 건물 외에도 실제로 사람이 거주하는 가정집도 제법 보였다. 작고 섬세한 건축물이 모여 있는 마을답게 이곳에는 다양한 형태의 수공예품을 판매하는 곳들도 많았다.

우리는 마음이 끌리는 대로 이리저리 돌아다니다 한 상점 앞에 섰다. 노부부가 운영하는 기념품 가게였는데, 사실 여느 관광지가 그렇겠지만 이 집에서 파는 상품을 저 집에서도 팔고 있다. 잘 팔리는 것들을 여기저기서 다 판매하는데, 우리가 유독 이 집에서 멈춘 것은 계산대에 앉은 할머니가 멋진 손글씨로 기념품에다 메시지를 적어주었기 때문. 파스타집에서 만나지 못한 할머니를 여기에서 만나다니.

독특하게 생긴 트룰리 안에서 리사는 주먹 크기만한 하트 모양의 도자기 두 개를 선택했다. 그중 하나에는 아빠와 이번 여행의 추억을 담은 메시지를, 다른 하나에는 엄마와 함께 이곳을 다시 방문하기를 바란다는 메시지를 적어달라고 부탁했다. 리사가 엄마에게 주는 선물이었다.

할머니는 하트 모양 도자기를 잘 포장한 후 종이 봉투에 소중히 담아주었다. 종이봉투에는 "Il dolce far niente(일 돌체 파르 니엔테)!"라고 적어주었다. 단어 그대로 해석하면 '아무것도 하지 않는 것의 달콤함'이라는 뜻. 이를테면 '게을러지자!'라는 의미인데, 이곳 사람들은 기온이 많이 올라가는 여름이면 종종 이렇게 이야기한다고 했다. 특별히 무엇을 하지 않고 지금을 그냥 즐기며 가만히 있으면 아이들은 여름이 키워줄 거라고.

그러고 보니 내가 무언가를 특별히 하지 않아도 이 여름 속에 존재하는 것만으로 리사는 한 뼘 더 성장하고 있었다.

다시 제자리로 가야 할 때

　리사와 함께 이 도시에 익숙해진 나는 꼬불꼬불한 구시가지 골목도, 숙소에서 십여 분 떨어진 카페도, 이제는 지도를 보지 않고 찾아갈 수 있게 되었다. 카페의 주인장은 우리가 주문하기도 전에 리사에게는 흰 우유를, 나에게는 카푸치노 한 잔과 에스프레소 한 잔을 준비해준다. 매일 아침 옆 테이블 자리에 큰 허스키를 데리고 오는 사람과도 자연스레 눈인사를 나눈다. 이렇게 한 동네가 편안해지고 매일같이 찾아가는 카페가 생긴다는 것은 기쁜 일이다. 우리는 이렇게 각자 커피와 흰 우유를 마시며 하루를 시작했다.

우리의 매일 아침 루틴은 카페에서 돌아오는 길에 매일 같은 자리에 앉아 있는 할아버지를 만나고, 작고 귀여운 트럭에서 판매하는 과일을 조금씩 사기. 그리고 일곱 살 리사가 그냥 지나치지 못하는 놀이터에서 놀기. 해맑게 웃으며 그네 타는 걸 보고 있으면 영락없는 아이의 모습이다.

동네에 익숙해진 만큼 우리는 함께 걷는 시간도 많았다. 사이좋게 손을 맞잡고 도로 옆 좁은 인도를 걸어가거나 혹은 조금 떨어져서 걷기도 하고, 때로는 목말을 태우고 이곳저곳을 누볐다. 구시가지 오래된 건물을 마주하면 그 웅장함에 감탄했고, 젤라토 아이스크림을 나눠 먹으며 걷다가 길고양이를 만나면 다가가서 쓰다듬었다.

함께 걷다 보면 자연스레 많은 대화를 할 수 있었다. 아주 사소한 대화들. 어느 날은 리사가 느닷없이 나에게 질문했다.

"아빠는 언제부터 혼자 살았어?"

"아빠는 군대 제대하고 스물세 살부터 혼자 살았어."

"왜 혼자 살았어?"

"글쎄, 그때는 혼자 살아보고 싶었어. 대학교 친구들은 다들 작업실이 있었는데, 아빠도 작업실을 만들어서 열심히 공부해보려고 했지."

"그럼, 그때 서울에 왔던 거야?"

"아니, 서울에는 스물다섯 살에 올라왔어."

"왜 서울에 왔어?"

"학교에서 공부도 하고 일도 하려고 서울에 왔지."

"혼자 살면 안 무서워?"

"혼자 살면 무섭지는 않은데, 외로울 때가 있어. 그런데 엄마랑 결혼하고 나서는 안 외로워."

"나는 혼자 안 살고 백 살까지 엄마 아빠랑 같이 살 거야."

"리사도 언젠가는 사랑하는 사람을 만나서 같이 살 수도 있지."

"나는 나중에 크면 아빠랑 결혼할 거야."

어린아이들의 이런 순수함이란. 할 수만 있다면 영원히 지켜주고 싶다. 이루어질 수 없는 말이지만 이 시기에만 할 수 있는 아이들의 이런 순박한 언어들이 사무치게 좋다.

언젠가 함께 차를 타고 가다가 리사가 나에게 이런 말을 했다.

"나는 여름마다 아빠랑 이렇게 여행할 거야."

리사가 이 말을 꺼내는데 나도 모르게 심장이 두근거리며 설렜다. 매년 이렇게 리사와 둘이서 여행하는 것. 생각만 해도 기분이 좋았다. 결혼하기 전부터 '내가 만약 아빠가 된다면' 정말 해보고 싶었던 것 중 하나인데…. 이제는 리사와 함께 만들어가고 싶은 나의 목표가 되었다. 벌써 내년 여름에는, 그리고 앞으로 매해 여름마다, 어디로 가면 좋을지 머릿속으로 나열하고 있었다. 다음 여행을 떠올리기만 해도 '긍정적 환상'이 마구 샘솟았다.

리사와 함께 한국의 구석구석을 다니는 로드 트립도 해보고 싶다. 기차를 타고, 버스를 타고, 걸어 다니기도 하며 국내 여행의 매력을 한껏 느껴보고 싶다. 맛있는 음식을 찾아다니는 여행도 좋다. 우리나라도 동네마다 다양한 특산물들이 있으니 맛집을 찾아다니며 함께 여행해도 좋을 것이다.

그뿐일까. 내가 이십대에 그토록 가보고 싶었던 남

아메리카와 아프리카를 포함해 세계 곳곳으로 함께 떠나보고 싶은 마음도 굴뚝이다. 항상 열망하던 파타고니아, 열정이 넘치는 남아메리카의 도시들, 대자연과 초원을 그대로 느낄 수 있는 아프리카, 이국적인 풍광을 경험할 수 있는 아이슬란드…. 나열하고 보니 가보고 싶은 곳이 셀 수 없이 많다. 아, 2015년 아내와 결혼하며 받았던 축의금을 아프리카 탄자니아로 보내 어느 초등학교에 우물을 팔 수 있도록 도움을 보탰었는데, 그곳에도 기회가 된다면 리사와 가보고 싶다.

여행을 계획할 때, 나에게 있어 '시간 나면 여행 가야지.'라는 말은 '언제 밥 한 끼 해요.'라는 말처럼 반드시 이루지 않아도 되는 무책임한 계획이나 회피로밖에 들리지 않는다. 시간이 '나면' 여행하는 것이 아니라 시간을 '내어서', 시간을 주도적이고 구체적으로 만들 때 비로소 여행할 수 있다. 매년 여름이면 시간을 만들어 리사와 함께 다닐 여행을 생각하면 벌써부터 즐겁다.

이탈리아에 온 지 일주일하고 하루가 더 흐른 날, 리사는 서울에 놓고 온 일상을 그리워하기 시작했다. 매일 아침 유치원에 가면 만나는 친구들과 선생님들, 집에서 리사만 기다리고 있을 흰색 털이 부드러운 고양이 '사랑이'도. 엄마가 해주는 파스타가 먹고 싶다고 했지만, 내게는 엄마가 보고 싶다는 말로 들렸다. 내색하지 않았지만 무엇보다 엄마의 빈자리가 컸다. 이렇게 오랜 시간 엄마와 떨어져 지내는 것은 처음이다. 아무리 좋아하는 파스타를 마음껏 먹을 수 있다지만 엄마의 정성이 듬뿍 담긴 홈메이드 파스타를 이길 수는 없을 것이다. 엄마 품이 그립고, 엄마 냄새를 맡고 싶고, 이 모든 경험에 엄마가 함께하지 못한다는 아쉬움이 너무나 컸을 것이다. 매일같이 영상통화로 하루하루의 일과를 나누고 사진도 보여주었지만 그것으로 채워질 수는 없었다.

이제는 돌아갈 때가 된 것이다. 사랑하는 고양이, 친구, 선생님, 할머니, 할아버지, 그리고 엄마를 보러 다시 서울로 돌아가야 할 때가 되었다. 일곱 살 리사에게도 그리운 것이 있고, 그리운 곳이 있고, 그리운 사람이 있다. 아마도 무언가를 그리워한다는 것은 그 무언가를 아끼고 생각하며 사랑하는 것이지 않을까. 나는 그 덕에 당연하게 생각했던 모든 것들이 새삼 소중해지고, 또 그 의미를 생각해보게 된다.

이제 우리의 여행은 사흘 남았다. 이곳 풀리아 지역에서의 일정을 마무리하고 처음 우리가 비행기에서 내렸던 곳, 로마로 떠나야 할 때. 일곱 시간 삼십 분을 달려왔던 길을 반대로 돌아갈 시간이 되었다.

모노폴리의 숙소를 떠나는 날 아침, 우리는 마지막으로 바다에 들어가기로 했다. 언제 다시 돌아올지 모르는 이곳을 가슴 깊숙한 곳에 저장하기 위해. 바닷물에서 한 번 더 수영을 하고 사진으로 남기면 어떨까. 작고 예쁜 조개껍데기와 파도에 둥글어진 유리 조각들을 몇 개 가방에 넣었다. 서울에 돌아가 꺼내어 볼 때마다 오늘의 장면과 기억을 떠올릴 수 있기를 바라며.

스물다섯 살의 내가 본 것들

여행 일정 중 사흘을 남기고 로마로 돌아왔다. 로마에서 모노폴리로 향하던 길에 비하면 돌아오는 길은 비교적 순탄했다. 공항으로 가서 렌터카를 반납하고, 로마의 중심지 나보나 광장 주변에 예약해둔 호텔로 향했다. 지어진 지 수백 년도 더 된 건물에 위치한 호텔은 빈티지숍을 동시에 운영하고 있었는데, 당시에 사용하던 가구들을 구해 리폼해서 그대로 사용하는 독특한 콘셉트였다. 공주의 성에 들어온 것처럼 감탄하며 신이 난 리사를 보니 마음이 놓였다. 우리는 숙소에 짐을 넣어두고 그대로 도심으로 나왔다.

풀리아 지역을 동네 주민처럼 누비며 물놀이하던 것과는 다른 모드가 필요했다. 역시 로마에서는 철저히 관광객이 되어 도시를 관찰하며 즐겨야 제맛이지. 먼저 숙소 바로 앞에 있는 나보나 광장. 모노폴리의 소박하고 동화 같은 분위기와는 확연히 다르게 제국의 중심지로서 거대하고 근사한 건축물들이 위엄을 드러내고 있었다. 대칭, 비율, 균형과 같은 근본적인 아름다움뿐만 아니라 세세한 디테일들이 살아 있었다. 광장에 있는 고전적 분수, 건축물의 입구와 창틀, 조각상과 오벨리스크, 그리고 눈길이 가는 곳이라면 어디에서든 아름다운 디테일을 찾아볼 수 있었다.

이런 볼거리들이 리사에게도 아름다웠나 보다. 사진 찍는 것을 썩 좋아하지 않는 리사도 건축물을 배경으로, 분수를 배경으로 자신을 담아달라고 했으니 말이다. 여행 초반에 찍었던 사진에서는 마냥 어색했던 리사의 표정도 이제는 한층 자연스러워졌다.

조금 더 걸어서 판테온으로 가보았다. 미리 티켓을 구매하지 않아서 안으로 들어가보지는 못했지만, 분수대에 앉아서 건축물과 오가는 사람들을 한참이나 구경했다. 그리고 우리는 조금 더 걸어서 대망의 트레비 분수로 향했다. 분수에서 소원을 빌고 동전을 던질 생각에 잔돈도 잔뜩 챙겼다. 트레비 분수는 리사에게 제법 익숙했는데, 서울 잠실역 만남의 광장에 있는 트레비 분수 덕분이다. 드디어 진짜 트레비 분수를 볼 수 있다는 생각에 발걸음이 빨라졌다. 도착하자마자 동전을 왕창 던질 참이었다.

북적이는 사람들의 뒷모습만 보아도 트레비 분수 가까이 왔음을 알 수 있었다. 실로 오랜만에 마주한 분수는 웅장하고 위엄 있으면서도 섬세하고 아름답기까지 했다. 수많은 관광객 틈바구니를 비집고 들어가 분수대 턱에 걸터앉았다. 리사는 옆에 있는 사람들이 동전 던지는 모습을 힐끔 보더니 잔뜩 설렌 표정으로 따라 했다. 뒤로 던지는 것이 익숙하지 않았는지 동전은 리사의 무릎 앞으로 떨어졌다. 다시 눈을 감고 재차 동전을 던졌다. 그대로 분수의 가운데 지점을 향해 물속으로 들어갔다. 물놀이를 못해서 지루해하지 않을까 걱정했던 로마였지만, 이렇게 화려하고 아름다운 분수 앞에서 동전을 던지며 소원을 비는 것만으로도 리사에게는 큰 행복이었다.

2008년 여름 무거운 배낭 하나를 메고 혼자 로마를 여행했던 내가, 십오 년이 지나 일곱 살 딸과 함께 같은 장소를 찾을 것이라고는 상상도 하지 못했다. 지금은 상대적으로 편안하게 즐기며 돈도 좀 쓰는(?) 여행이라면, 그때는 정말 '헝그리 정신' 그 자체였다. 2주 정도의 짧고 가난했던 여행이었지만, 스물다섯 살이었던 나에게는 잊을 수 없을 만큼 인상적이었던 여행지가 바로 이곳이다. 오래된 건축물과 역사 깊은 유적지, 예술과 문화를 무척이나 자연스럽게 품고 있는 이탈리아, 그중에서도 로마. 나에게 진한 에스프레소를 처음으로 경험시켜주었던 곳. 비행기 삯만 간신히 부모님께 손을 벌려 찾아온 유럽이었고, 배낭여행을 하며 돈이 없을 때는 일을 해서 밥값과 숙소 비용을 벌어야 했다. 배낭여행객치고 제법 큰 카메라를 들고 다녔고 사진 하나는 잘 찍을 자신이 있었다. 숙박비가 없을 때는 한인 민박집을 찾아가 홍보 사진을 촬영해줄 테니 잠만 잘 수 있을지 물어봤고, 실제로 그렇게 지낸 숙소가 한 곳 있었다. 무모했고 치기 어렸지만 그래도 분명한 건 낭만이 있었다.

그 시절 로마에서의 나는 가난했지만 내 기억에 담았던 장면들만큼은 그 어떤 도시보다 풍요로웠다. 미로 같은 도시 구석구석, 특히 기둥이 돋보이는 구조물과 건축물을 바라보며 감탄했다. 거대한 성당과 오래된 건축물은 비현실적으로 아름다웠다. 이 모든 것들을 직접, 코앞에서 바로, 내 눈에 모두 오롯이 담을 수 있다니. 나는 잊지 않기 위해 몇 번이나 눈을 끔뻑거리며 구석구석 자세히 훑으며 살피고 다녔다.

미술관과 박물관에 들어가 관람하지 않아도 예술과 역사, 문화에 대해서 충분히 보고 배우며 양식을 쌓을 수 있었다. 사진으로만 보던 트레비 분수와 스페인 광장, 판테온, 콜로세움, 카타콤 등, 카메라를 들고 MP3로 음악을 들으며 도시를 걷기만 해도 세상 부러울 것이 없었다. 그 순간만큼은 내가 가장 부유했다.

나의 로마 여행, 아니 유럽 배낭여행 가운데 가장 충격적이고 아름다웠던 곳은 바로 바티칸 시국이었다. 사실 나는 이곳에 대한 정보가 하나도 없었는데 같은 숙소에서 지내던 한 사람이 적극적으로 추천하기에 반신반의하며 찾아갔던 곳이었다. 기대가 없어서 더 큰 충격을 받았을까. 벌써 한참이나 시간이 지난 지금도 그날의 장면들을 생생하게 기억한다. 당시 이곳을 설명해주던 가이드의 이름까지 또렷이 기억날 정도이니 말이다. 가이드의 설명과 함께 진행된 투어는 모든 것이 그야말로 살아 있었다.

입시 준비로 열심히 석고상을 그리던 고등학생 시절은 물론이고 미대에 진학해서도 디자인 공부를 하던 나에게, 그간 이미지로만 봐오던 것들이 눈앞에 그것도 엄청난 규모로 펼쳐졌으니 그 기분을 글로 다 표현하기는 힘들 것이다. 거대하고 숭고한 분위기의 바티칸 내부를 가득 채운 수많은 미술 작품을 하나하나 마주할 때마다 감동을 느꼈다. 이 신성한 작품과 위대한 작가의 삶이 나에게 연결되는 순간처럼 느껴졌다. 온몸에 전율이 느껴질 정도로 마음을 강하게 울리는 작품들도 많았다.

진부할 수 있겠지만 나에게 이곳은 미켈란젤로에서 시작해 미켈란젤로로 끝맺음하는 장소였다. 물론 중간에 작가 미상으로 남겨진 라오콘 조각도 워낙 감동적이지만, 시스티나 예배당에 채워진 화려한 프레스코 벽화는 비교할 수 없을 정도로 압도적이었다. 그저 아름다움이라고 표현하기보다는 경이로움에 가까웠고, 그림 혹은 미술 작품이라기보다는 강렬한 빛과 같은, 작은 우주를 담고 있는 존재였다.

성 베드로 대성당에 있는 피에타 조각은 또 어떠한가. 돌을 깎아 만들었다는 것이 믿기지 않을 만큼 부드럽고 섬세했으며, 대리석 조각 앞에서 경건하고 숙연

해지는 경험을 했다. 얼음처럼 차가운 소재에서 따뜻함을 느낄 수 있었고, 따뜻함 속에 허전함과 애틋함도 동시에 일렁였다.

그 밖에 수많은 작품을 통해 내가 느낀 미켈란젤로는, 정신의 형상을 구체화하는 것이 예술가의 사명이라고 생각했던 예술가이자, 정신의 형상을 돌덩이 혹은 그림에 새겨 넣어 생명력을 불어넣은 예술가였다. 정신의 경험을 가장 깊이 있게 그럼에도 보편적으로 표현하고자 했던 예술가라는 사실로 인해, 나의 바티칸 여행은 미켈란젤로로 가득 채워져 있었다.

이런 바티칸을 리사에게도 보여주고 싶었다. 하지만 내가 느낀 감동을 리사에게 똑같이 전해주고 싶은 마음은 없다. 그리고 리사가 나와 같은 감동을 느낄 거라고 기대하지도 않는다. 이 장소가 가진 역사적인 것, 미적인 것, 의미 있는 것은 이번 우리의 여행에서 그다지 중요하지 않으니까. 그저 아빠가 스물다섯 살에 가슴 뜨겁게 느꼈던 장소에 함께 와서 자신만의 방법으로 즐겨주길 바라는 마음. 언젠가는 리사도 리사의 경험과 느낌으로 이 장소를 기억할 것이라 믿는다. 뭐, 아무것도 기억하지 못한다 해도 상관없고.

로마에서의 둘째 날 아침, 우리는 바티칸으로 향했다. 가이드 투어 팀에 합류하기로 했지만 아무래도 가이드의 설명은 성인 눈높이에 맞춰져 있을 것이다. 올리브 농장에서의 교훈을 되새기며, 가이드를 적극적으로 쫓아다니기보다는 동선은 함께 따라가되 놀이하듯 공간을 즐기기로 했다. 공간마다 서로 다른 화려한 디테일을 보며 리사는 성에 들어선 공주처럼 신나 했고, 워낙 방이 많고 미로 같아서 일행에 방해가 되지 않는 선에서 가볍게 숨바꼭질도 했으며, 매점에서 아이스크림을 함께 나눠 먹으며 잠시 쉬기도 했다.

　혹시라도 리사가 아는 미술 작품이 보이면 미대 출신 아빠의 자존심을 걸고 간단한 설명을 해주었다. 더군다나 시스티나 예배당에 그려진 아홉 개의 천장화는 리사도 꽤 익숙하게 알고 있는 것. 마침 가장자리에 앉을 공간이 있어서 자리에 앉아 천장을 올려다보며 이야기해주었다. 천지창조에 관한 내용을 담은 그림부터 시작해 아담과 이브의 이야기, 그리고 노아의 이야기까지. 익숙한 성경 내용이라 그런지 집중해서 듣는 모습이었다. 제법 진지한 표정으로 내 설명을 끝까지 들은 리사는 어린아이다운 질문을 쏟아냈다.

"저기 높은 천장에는 그림을 어떻게 그렸어?"

"하나님은 남자야?"

"왜 저 사람은 옷을 안 입었어?"

첫 번째 질문은 자료를 통해서 비교적 쉽게 답할 수 있었으나, 그다음부터는…. 시스티나 예배당을 마지막으로 바티칸 투어가 끝나고 우리는 성 베드로 대성당으로 향했다. 하루의 대부분을 걷는 데 시간을 보낸 터라 오래 머물 수는 없었지만 그럼에도 피에타 조각은 꼭 함께 봐야 하니까.

성 베드로 대성당 광장으로 나오자 불현듯 머릿속에 떠오르는 사진 한 장. 지금도 나의 부모님 댁에 놓여 있는, 2008년 유럽 배낭여행 당시 이곳에서 홀로 멋쩍게 찍은 내 사진이다. 같은 장소에서 그 당시 내가 그랬던 것처럼 리사를 혼자 세워두고 사진을 남겼다.

긴 하루 일정을 마치고 숙소로 돌아오는 길에 나는 문득 궁금했다. 리사가 오늘 함께 방문한 바티칸을 어떻게 생각할지. 리사는 짧고 단호하게 대답했다.

"지루했어."

우리의 마지막 밤. 나는 만찬을 먹어야겠다고 생각했다. 숙소 지배인이 알려준 레스토랑에서 추천 메뉴인 트러플 크림 파스타를, 그리고 마지막인 만큼 축하와 안도의 와인을 조금 마셨다. 리사는 당연히 이번에도 토마토 파스타와 흰 우유를.

식사를 하며 우리가 함께 보낸 이탈리아에서의 시간을 새삼 곱씹어보았다. 우리 참 많은 것을 함께했구나. 얼굴이 벌겋게 익을 때까지 바다에서 수영을 하고, 다이빙도 하고, 미로 같은 골목을 탐험하고, 맨발로 뛰어다니고…. 방학 동안 '재충전'이라기보다 '방전'에 가까운 에너지를 썼다. 나 역시 리사에게 고요하고 목가적인 시간을 함께 보내기보다는 활동적이고 마음껏 뛰어놀며 다이내믹한 경험을 함께하는 아빠라는 사실을 인정받은 듯했다.

이제 자고 일어나면 우리는 짧다면 짧고 길다면 긴 열흘간의 여행을 마무리하고 서울로 돌아간다. 난생처음 아빠와 단둘이 떠났던 여행에서 리사는 많이 즐거웠으리라 믿는다. 특별히 힘들다고 투정을 부린 적도 없었고, 모든 음식을 맛있게 잘 먹었고, 무엇보다 아프지 않았고, 많이 웃었다. 이거면 충분하다.

리사의 시간은 나의 기억 속에서

우리는 한국으로 돌아가기 위해 이번 여행의 시작 지였던 로마 다빈치 공항을 다시 찾았다. 공항은 변함 없이 그대로였다. 뜨거운 공기와 붐비는 사람들, 다양 한 표정과 언어가 혼재된 공간. 둘을 위한 큰 여행 가 방 하나와 작은 숄더백 하나, 열흘 전 이곳을 찾았을 때와 같다.

고작 열흘이지만 넘치게 꽉 채웠던 우리의 일정 덕 분에 그 시간이 아득하고 영원처럼 길게 느껴졌다.

여행을 시작하던 열흘 전 모습과 지금 우리는 무엇 이 달라졌을까. 강렬한 햇볕에 그을려 짙어진 얼굴색,

더욱 밝고 활기를 띤 표정, 훨씬 더 가까워진 아빠와 딸의 거리, 그리고 새롭게 만든 둘만의 추억…. 이 모든 것을 품에 안고 비행기에 탑승했다. 저물어가는 노을을 등지고 서울로 돌아가는 비행기가 이륙했고, 우리는 다시 열 시간이 넘는 비행길에 올랐다. 그간의 여정이 제법 피곤했는지 리사는 이륙도 하기 전에 잠들어버렸다.

나는 노트북을 꺼내 우리가 보낸 시간들을 하나하나 기록하기 시작했다. 그리고 카메라에 담긴 사진들을 정리했다. 한참 동안 우리의 여행을 적어 내려가며 사진들을 보는데, 왜일까? 갑자기 눈시울이 뜨거워지며 이 모든 것에 한없이 감사함을 느꼈다. 매일 아침 일어나서 마셨던 커피와 우유, 함께 헤엄쳤던 바다, 한 끼도 빠짐없이 같이 나누었던 식사, 워터파크에서 함께 탔던 슬라이드, 작은 골목길을 누비며 맨발로 뛰어다녔던 우리 둘…. 떠오르는 모든 장면에 감사함과 기쁨이 넘쳤다. 어두운 비행기 안에서 나도 모르게 흐르는 눈물을 훔쳤다.

열흘 전 서울의 집을 나서며 나는 이런 생각을 했더랬다.

'나는 참 좋은 아빠네. 딸을 위해서 이렇게 시간과 돈을 써가며 최선을 다하는 아빠. 이 정도면 제법 훌륭한 아빠야!'

말하자면 자아도취에 빠져 있었다. 그도 그럴 것이 여행의 모든 것이 리사에게 맞춰져 있었다. 우리의 일정, 숙소, 음식, 장소 등 어느 하나 리사를 배려하지 않은 것이 없었다. 부디 아내와 주변 사람들이 나의 이런 노력을 알아주기를 바라는 마음도 있었다. 시간이 흘러 리사가 아빠의 이런 배려와 사랑에 감사해주길 바라는 마음도 조금은 있었다.

그러나 이 모든 마음은 너무 어리석었다. 도리어 내 삶에서 절대 잊을 수 없는 소중한 시간을 리사로 인해 경험할 수 있었고, 리사로 인해 부모 된 자로서의 충만한 기쁨을 느낄 수 있었다. 리사의 웃음소리로 가득했던 모든 순간과 경험이 내 인생이라는 긴 영화의 아주 소중한 명장면으로 남았다. 나는 모두 느낄 수 있었다. 언젠가 우리의 이 시간이 사무치게 그리워서 가슴 뜨거워지는 기억으로 불쑥 떠오를 것이라는 것을.

많은 시간이 흐른 뒤 우리가 함께 보낸 2023년의 여름을 리사는 어떻게 기억할까? 훗날 어른이 된 리사가 이 순간을 기억하지 못하면 어떡하지? 이렇게 행복하고 맑았던 우리의 시간을 기억하지 못한다면… 생각만으로 서글프다. 많이 행복했던 만큼, 많이 서글플 것 같다.

아이와 함께 보내는 시간은 마치 계절과 같아서 소리 없이 조용하지만 뒤돌아보면 문득 저만치 흘러가 있다. 그만큼 자녀와의 시간은 부모가 알아채지 못하는 지금 이 순간에도 계속 지나가고 있다. 이 순간을 영원히 붙잡아두고 싶은 것이 모든 부모의 욕심이겠지만 시간을 멈출 수 없다는 것은 모두가 알고 있다. 문득 예전에 보았던 어느 일본 제과회사의 광고 카피가 생각난다.

"작은 네가 올해의 여름을 잊어버려도 괜찮아. 엄마가 계속 기억해둘게."

나의 어린 시절은 어땠을까? 가만히 생각해보면 내가 기억하는 나의 어린 시절은 단편적인 장면으로 구성된 퍼즐 조각이고, 그 퍼즐을 완성시켜주는 것은 나의 부모님과 조부모님의 기억이었다. 그 기억들이 나에게 전해지면서 부족했던 퍼즐을 끼워 맞추며 나의 어린 시절을 채워간다. 그렇다. 어린 시절 나의 시간은 대개 부모님의 기억에 기대어 흐른다.

나는 우리의 여행을 다양한 모습으로, 그리고 최선을 다해 기록하고 기억할 것이다. 커가는 리사에게 시간이 될 때마다 보여주고 이야기하며 2023년 우리의 여행을 떠올릴 것이다. 부족하지만 글로 남기겠다고 다짐했고, 우리의 사진을 모아 앨범을 만들 것이다.

우리가 남부 이탈리아 작은 마을에서 함께 보낸 행복했던 여름을, 나는 평생 잊을 수 없을 것이다. 뜨거운 공기, 작은 차를 타고 헤맨 길, 함께 뛰어든 바다, 원피스를 입고 빙그르르 도는 모습, 난생처음 땋은 머리, 매일 아침 마신 흰 우유, 아빠의 에스프레소, 우리가 함께 나눈 이야기들, 붉게 그을린 너의 얼굴, 그 얼굴에 가득 피어난 미소….

'리사야, 네가 올해의 여름을 잊어버려도 괜찮아. 아빠가 계속 기억해둘게.'

에필로그

찬 바람이 부는 2023년 12월, 리사가 잠들고 나면 거실로 나와 내가 가장 좋아하는 의자에 앉는다. 귀에는 이어폰을 꽂고 음악을 재생한다. 에밀 모세리Emile Mosseri의 영화 〈미나리〉 OST다. 잔잔한 가운데 소리가 조금씩 피어오르기 시작하는데, 마치 넓고 푸른 들판에 따뜻한 빛이 번지는 듯한 그림이 그려지고 이내 안정감이 가득 채워진다.

음악을 들으며 노트북을 열어 우리가 함께 보낸 여름을 기억하고 적기 시작했다. 그해 여름, 우리는 함께 남부 이탈리아 바다에 뛰어들어 수영했고, 작은 카페에서 커피와 우유를 마셨고, 신선한 음식을 나누어 먹었고, 우리만의 용감한 모험을 했다. 낯선 곳에서 마주하는 많은 것들에 감동했고, 매일 새롭게 보고 듣고 경험한 것들로 하루하루를 특별하게 채웠다. 우리는 그곳에서 지내는 동안 우리의 시간을 더욱 촘촘하고 의미 있게 만들었다. 이제 제법 시간이 흘렀지만, 뜨거웠던 햇살 아래에서의 모든 순간은 머릿속에서 음악과 함께 선명해진다.

그곳에서도 돌아와서도 우리는 유난히 이 음악을 많이 들었다. 음악과 사진, 그리고 조금씩 끄적였던 글의 조각들을 통해서 그때의 여름과 지금의 겨울을 연결한다. 여름의 뜨거움은 이미 사라지고 밖에는 눈이 내리고 있지만 그때의 장면은 하나하나 선명해지고 감정들이 섬세하게 느껴진다.

그때의 우리 모습이 담긴 사진을 다시 보며 지난여름의 우리를 회상한다. 너무나도 아름다운 일곱 살의 리사와 함께 특별한 시간을 보낼 수 있었다는 것에, 그리고 그리워하고 추억할 수 있는 우리의 시간이 있음에 무한히 감사하면서.

ITALIA

이탈리아

ROMA 로마

PUGLIA

풀리아

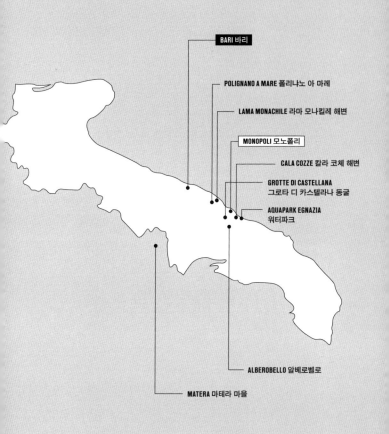

BARI 바리

POLIGNANO A MARE 폴리냐노 아 마레

LAMA MONACHILE 라마 모나킬레 해변

MONOPOLI 모노폴리

CALA COZZE 칼라 코체 해변

GROTTE DI CASTELLANA
그로타 디 카스텔라나 동굴

AQUAPARK EGNAZIA
워터파크

ALBEROBELLO 알베로벨로

MATERA 마테라 마을

우리만의 사적인 아틀란티스

1판 1쇄 찍음 2024년 6월 19일
1판 1쇄 펴냄 2024년 6월 26일

글·사진   정승민

편집   김지향 정예슬
교정교열   신귀영
디자인   퍼머넌트 잉크
미술   이미화 김낙훈 한나은 김혜수
마케팅   정대용 허진호 김채훈 홍수현 이지원 이지혜 이호정
홍보   이시윤 윤영우
저작권   남유선 김다정 송지영
제작   임지헌 김한수 임수아 권순택
관리   박경희 김지현 이유경

펴낸이   박상준
펴낸곳   세미콜론
출판등록   1997. 3. 24. (제16-1444호)
          06027 서울특별시 강남구 도산대로1길 62
대표전화   515-2000
팩시밀리   515-2007
편집부   517-4263
팩시밀리   515-2329

ISBN   979-11-94087-51-9 03810

세미콜론은 민음사 출판그룹의
만화·예술·라이프스타일 브랜드입니다.
www.semicolon.co.kr

트위터   semicolon_books
인스타그램   semicolon.books
페이스북   SemicolonBooks
유튜브   세미콜론TV